妖怪旅館營業中 十

讓我們攜手回大神屋

友麻碧

輕文學
Light Literature

目錄

登場人物介紹

妖怪旅館營業中

借宿妖怪旅館，歡度一夜良宵。
——津場木史郎

天神屋

座落於妖魔鬼怪所棲息的世界——「隱世」東北方的老字號旅館。在鬼神的統率之下，眾多妖怪攜手打造出熱絡繁榮的住宿空間。偶爾也會有人類房客入住。

大老闆

在隱世老字號旅館「天神屋」擔任大老闆的鬼神，集眾多妖怪之景仰於一身。曾試圖納葵為妻，卻從不表露自己的內心情感，默默在旁守護她的一舉一動。

津場木葵

因為已故祖父所欠下的債務而成為擔保品，被擄來「天神屋」的女大學生。拒絕接受與大老闆的婚約，運用自豪的廚藝開始經營名為「夕顏」的食堂。

雪女
接待員 阿涼

土蜘蛛
大掌櫃 曉

九尾狐妖
小老闆 銀次

白澤
會計長 白夜

狸妖
接待員 春日

手鞠河童
小不點

折尾屋

位於南方大地的旅館，是天神屋的死對頭。

天狗
大掌櫃 葉鳥

狛犬
大老闆 亂丸

第一話 如虎添翼

「咳哈！咳哈！」

這裡是橫貫妖都邊境的大甘露川。

我是津場木葵，蹣跚地走下降落於河岸的空中飛船——砂樂博士所駕駛的「流星號」。

嚴冬的寒氣直撲雙頰。

我死命抱緊手裡的便當盒，確認周遭狀況。

「這一帶我們之前曾來過對吧？」

沒多久以前，我才在位於妖都地底層的鐘錶行受到千年土龍的幫助，沿著山葵田的路線前進，搭乘升降機從這附近重回地表。

「啊～～真是千辛萬苦滴旅程～」

「葵大人～」

小不點從我的衣領裡探出頭來。化為綠色鬼火形態的小愛也輕飄飄地晃蕩著，湊往我身邊。

看來眷屬們都平安無恙，再來就是……

「咳哈！咳哈！引擎怎麼突然熄火了呢？幸好我們大難不死～」

擔任天神屋開發部長的砂樂博士也走下飛船，同時用悠哉的口吻說道。

真的是好險，現在才慶幸自己保住一條小命。

「博士你還好吧？」

「嗯，沒事沒事。小嬌妻妳還真堅強耶，不像那兩個傢伙。妳瞧瞧他們。」

砂樂博士指向飛船的出入口。

天神屋大掌櫃曉以及女二掌櫃阿涼，兩人不知是因為暈船的緣故，還是對驚險航程心有餘悸，雙雙帶著慘白的臉，步履蹣跚地走出來。他們分別是土蜘蛛與雪女。

在確認全員平安無事後，我鬆了一口氣，同時重新抬頭凝望綿延於遠方的妖都高樓建築。

聳立於中央，特別高的那一座是妖王宮殿。

也正是大老闆目前的所在之處……

「從這裡遙望妖都的景色真是令人懷念啊～我都幾十年沒踏上這裡了呢。」

站在我身旁的砂樂博士露出一臉念舊的表情，訴說著自己睽違已久的再訪。身為千年土龍的他，和妖都鐘錶行的紫門先生——也就是我上一趟妖都行的恩人，其實是兄弟關係。

所以說，這地方也可稱為砂樂博士的家鄉是吧？

「好啦，既然都順利抵達這裡了，得先跟白夜他們會合呢。」

「所以他們人到底在哪呢？博士你有什麼頭緒嗎？」

「嗯？沒啊，我不知道。大掌櫃你咧？」

「……呃？」

一屁股坐在地上的曉抬起鐵青的臉回應：「我根本什麼也沒聽說。」

隨後他瞪向一旁的阿涼。

阿涼也以平淡的語氣回了一句：「我怎麼可能知道～」

我想也是。

「呃……難道說，沒一個人知道？」

我最後歸納出的這個結論，令在場所有人陷入沉默。

義無反顧來到妖都，竟然一開始就卡關！

「曉，你怎麼會不知道啊！你這樣也算是天神屋的幹部嗎？」

「妳、妳少囉嗦啦，阿涼！會計長為了保密行事，所以盡可能不洩漏行蹤啊！我被分派的任務是留守天神屋，沒有知情的必要吧！」

「真是無語了。虧你氣勢磅礡地從天神屋出發，結果一點準備跟情報都沒有。」

「阿涼妳說什麼！」

「好了好了，你們兩個都冷靜點。現在可不是吵架的時候啊。」

即使我居中緩頰，曉和阿涼仍用幼稚的口吻繼續鬥嘴。

「啊～他們倆還真是半斤八兩呢～」

「就是說呀～希望我不會變成那樣的大人～」

就連小不點跟小愛都說出難聽的話……

曉說的確實有道理。為了不讓敵方看穿天神屋的行動，能掌握白夜先生他們行蹤的知情人士應該僅在少數。

但眼前的當務之急是與白夜先生和銀次先生盡快會合，畢竟他們應該正為了八葉夜行會擬定策略。

而我必須盡快見到大老闆，把便當交給他……

「哇啊！」

就在此時，周遭颳起強勁的旋風，一位體格健壯的綠髮忍者從中現身。這熟悉的身影令我們一行人大吃一驚。

「才藏先生？」

他正是擔任天神屋庭園長的鎌鼬，才藏先生。

自從他陪同大老闆赴往妖都後，一直處於行蹤不明狀態，沒想到竟然在這裡巧遇。

「才藏先生！你這段時間究竟跑去哪了？一點音訊也沒有，大家都很擔心你耶！尤其是庭園師那群小傢伙們都很掛念著，癡癡等你回去！」

驚訝的曉慌慌張張揮舞雙手，衝向才藏先生。

才藏先生以布纏面，瞇起從中微微露出的雙眼。

「大掌櫃殿下，讓您替在下掛心了，深感抱歉是也。」

他鞠躬行禮說道。

「但在下有大老闆指派的機密任務在身，現在正與會計長白夜殿下與小老闆銀次殿下合力執行作戰，奪回大老闆是也。」

「也就是說，你知道白夜先生他們現在的下落？」

「是的，葵殿下。請容在下為各位帶路是也。」

看來才藏先生似乎是受今晚將出席八葉夜行會的白夜先生之命，前來迎接降臨此地的我們。

充滿威望的會計長果然有兩把刷子。不愧是白澤聖獸，我們的一舉一動全被他無數的心眼掌控著。

「那麼事不宜遲，我們趕緊前往地底層吧。這一帶也屬宮中的銀鴿部隊管轄範圍，他們會不時進行巡邏是也。」

「……嗯。」

雖然小如豆粒，但從這裡確實能望見銀鴿群在妖都上空巡守的身影。

可不能在見到大老闆以前就被逮住了。

我們一行人就這樣借助著棲息於這一帶的千年土龍之力，經過地底層往妖都前進。

為了掩人耳目，我戴上才藏先生準備的無臉妖面具，來到妖都內的某間店前面。

「這裡是……」

我稍微挪開臉上的面具，仰頭望向那道招牌。

「如虎添翼」。

是我第一次跟著大老闆來到妖都時，他帶我吃過的餐廳。

這是一間內臟類料理專賣店，可以享用到美味的牛腸鍋。

「對了，葵。大老闆曾經在這裡招待妳一餐好吃的對吧。」

「說到這才想起來，當時妳還企圖在妖都取我的命呢。」

阿涼和我默默相視而笑，彷彿在懷念當初還有過這麼一段往事。

記得我好像還試圖在這裡套出大老闆的話，摸透他最喜歡吃的料理是吧？

感覺已是久遠的陳年往事，其實距離現在還不到一年。

「喂，葵。該走啦。」

「啊！好。」

在曉的呼喚下，我急忙繞往後門。

這間店與天神屋私交甚篤，據說這次也提供密室做為天神屋的活動據點，說是為了回報大老闆過去提供資助的恩情。

我們一邊警戒著四周動靜，一邊悄悄穿過後門進入店內。

在這裡工作的赤鬼們引領著我們，來到一間由地窖改造而成的密室，四周被厚厚的牆壁所包圍。

奇怪？有一股好香的味道。

然後發現天神屋的兩位幹部——會計長白夜先生與小老板銀次圍在煮得入味的牛腸鍋前，正低聲討論著什麼。

「可是會計長，此計實在過於魯莽……」

「除此之外別無他法，我們從一開始便只能選擇放手一搏。」

對話聲傳了過來。銀次先生抬起頭，總算發現我們的到來。

「葵小姐！是葵小姐嗎？」

「銀次先生！」

我們同時奔向對方，握住彼此的手。

這是我與銀次先生在北方大地告別之後的首度再會。

明明沒過多久，心境卻像久別後的重逢。

「您能順利來到這裡真是太好了，聽說在文門之地也經歷不少風波，看見您平安無事是再好不過了。」

「嗯嗯，銀次先生你也一樣……你是不是消瘦了一些啦？」

從眼下的黑眼圈看來，我想他應該是日以繼夜四處奔走，連睡覺時間都沒有吧。努力搜尋著天神屋的友方，進行各種交易與周旋……

「啊～～狐狸先生真是狼狽不堪耶。」

「小、小不點，這時候請別吐嘈我了。」

小不點不看場合的一句話讓銀次先生也露出了苦笑。

然而他馬上收起放鬆的表情，似乎想掩飾自己的疲態。接著他轉身面向砂樂博士。

「砂樂博士，感謝您舟車勞頓移駕此地。」

「哎呀，畢竟有些事情，非得要我親自過來處理才行啊。」

「……是。」

我歪頭不解。聽起來砂樂博士似乎原本就安排要來妖都，那非得要他來處理的事情是指什麼呢？

銀次先生也向擅自跟來的曉與阿涼寒暄。

「曉還有阿涼小姐也過來了啊，這樣真是令人再放心不過了。天神屋那邊交給女掌櫃留守是嗎？」

「是的，小老闆。我也被交待留守天神屋，卻……非常抱歉，因為……」

「還不是因為葵堅持說要過來，勸也勸不聽。這孩子屬於橫衝直撞型的，就是讓人放心不下啊～」

對比曉的嚴肅回應，阿涼的說法實在讓我聽不下去。然而銀次先生面對這兩人極端的對比，露出微笑點點頭。

到頭來，所有人都一樣，大家都無法放下對於天神屋與大老闆的牽掛。

沒錯，大老闆你看看。

你的離去彷彿把自己視為我們不再重視的存在，但絕非如此。

所有人都聚集而來，就為了奪回你……

白夜先生為了重振現場充滿和睦的氣氛，舉起摺扇敲向地板。

「砂樂，久違地重返地表之上……而且還是你最討厭的妖都，感覺如何？」

他率先對砂樂博士投以諷刺的問題。

曾聽聞過白夜先生與砂樂博士都是天神屋的創始員工。白夜先生原先在宮中擔任官員，砂樂博士則是研究家。

兩人似乎在宮中經歷許多波折後，受大老闆之邀便辭去宮內職務，來到天神屋工作。所以這裡對他們而言，應該也是充滿回憶的一塊土地……

「感覺糟透啦，白夜。在妖都待上個三天，我大概會死於水土不服跟心理壓力吧。」

「哼，別擔心。無論結局是好是壞，一切將在今晚塵埃落定。在那之前，有些事情要拜託你先完成才行。你明白的吧？」

「……是啊，當然明白。我可是做好萬全準備才過來的。」

兩人的對話彷彿別有含意。

白夜先生似乎感受到我們的視線而轉過身來，攤開他隨身攜帶的摺扇，掩著嘴說。

「順便跟你們報告一下現況吧。事情陷入最糟的局面，東方大地海門市場的八葉背叛了我們。」

「咦？」

東方大地——與異界往來最為頻繁，帶有異國風情的這片土地，坐擁規模龐大的漁港與市集。

由於緊鄰鬼門之地，也是天神屋每日進貨新鮮海味的供應商。

「怎麼會這樣……海門市場跟天神屋不是早已建立密切的合作關係嗎？」

「真是太過分了！虧我們天神屋還積極幫忙宣傳東方大地的海鮮有多美味。」

曉跟阿涼都顯得憤憤不平，也像是被信賴的人背叛而大受打擊。

我沒見過東方大地的八葉，所以一時意會不過來。但對於長久在天神屋工作的員工來說，似乎是把對方當成少數願意支持天神屋的夥伴吧。

然而，為什麼如今卻……

「東方大地的八葉——龍右衛門殿下最近對於天神屋與折尾屋過從甚密一事感到不是滋味。因為南方大地也坐擁海港，能入手新鮮漁貨。在雷獸的挑撥之下，他似乎相信天神屋今後會將重心放在與折尾屋的合作上，於是早有預謀在這個節骨眼上背叛我們。我們與東方大地的商業互動明明與過去無異，真是……竟然被那種傢伙煽動。」

比起憤怒，白夜先生對東方大地八葉更多的感想似乎是無語。他揮動著手上的摺扇朝臉搧風，同時吐出冷淡的嘆息。

然而他卻不像我們如此慌亂，筆直的眼神凝望前方。

「現在連生氣都嫌浪費時間。我們要是自亂陣腳，那更是正中雷獸下懷啊。眼前的要務是保持冷靜沉著，在有限時間裡盡早布好下一步棋。八葉夜行會在今天午夜就要舉行。還有……在那之前，你們先好好填飽肚子吧。」

說到這才想到，牛腸鍋還在眼前煮得滾沸，看起來真美味。

煮得軟爛入味的高麗菜與韭菜，從以白味噌為基底的高湯中露了出來。

大家飢腸轆轆的肚子紛紛發出各種叫聲。

「可是，這種緊要關頭哪顧得了吃飯……」

曉猛搖了搖頭，白夜先生狠瞪向他，同時又細心地裝了一小碗牛腸鍋遞上去。

「來，坐下來吃就是了，大掌櫃。」

「咦……呃！」

會計長都親自幫忙盛裝了，就算是曉也不可能拒絕得了。

他伸出顫抖的手接過小碗，並坐了下來默默開動。

這是什麼畫面……

「其他人也過來圍在爐邊開動吧，餓肚子的兵打不了仗，這是常識。」

「呃，是！」

我和阿涼也在白夜先生的命令下入座，滿是惶恐地讓他為我們分菜，享用熱騰騰的牛腸鍋。

啊啊……雖然嚇得半死，但是真美味。

之前吃的牛腸鍋是以醬油為基底的經典口味，但白味噌也不遜色。伴隨柚子胡椒的香氣，營造出優雅卻又濃醇的調味。

蔬菜煮得入口即化，牛腸則是Q彈有勁。

油豆腐也煮得相當入味，軟嫩的表面非常可口。

「你們一邊吃一邊仔細聽，我將說明目前的勢力分布狀況。」

白夜先生一邊手拿摺扇朝臉搧風，一邊說道。

「對於今晚將在八葉夜行會上蓋印表決的議案——革除大老闆在天神屋的職稱，將他視為邪鬼身分並再度封印於地底，目前表明反對的只有我們天神屋、南方大地折尾屋，以及北方大地的冰里城而已。西北大地的文門研究所還在觀望中，雖然他們暗中提供協助，但無法保證會支持我們到最後一刻吧。也就是說，還需要兩方明確表態支持我們，就能過半數。」

還需要兩方……

但是所有人都心知肚明，這難如登天。

「其他地區的八葉還有希望嗎……」

曉凝視著吃完的碗，獨自喃喃說道。

白夜先生斜眼望著他，同時清了一下喉嚨。

「我認為現階段最能指望的是西方大地——朱門山的天狗眾。」

我停下了進食的動作，猛然抬起臉。

「對耶！如果是松葉大人，有可能願意站在我們這邊啊……」

我不由自主前傾著上半身說道，然而白夜先生的臉色卻變得凝重。

「朱門山的天狗們與天神屋之間的關係，曾經一度面臨危機，可說是多虧了葵跟夕顏才得以維繫。然而，若要說到在這次事件上是否願意支持我方，事情可就不是這麼單純了。目前朱門山正式掌權的當家並非松葉大人，而是他的長子葉澄殿下。」

銀次先生點頭附和「……沒錯」並接著補充說明。

「折尾屋的葉鳥先生正在試圖說服對方，但他表示天狗們目前不是很願意協助天神屋。」

「怎麼會！為什麼？」

「葉澄殿下為人一絲不苟，簡直難以想像他跟那個桀驁不遜的父親與愚鈍的弟弟葉鳥流著同樣的血液。想必他在成長過程中都把父親與弟弟當成負面教材吧。聽說他在缺乏定性的天狗之中是少數專情又穩重的愛妻男。夫人目前懷有身孕，想必他應該不敢輕舉妄動，與宮中為敵吧。」

「……怎麼這樣。」

但這話也有道理，替天神屋撐腰確實等於與宮中作對。

原來就連朱門山那些天不怕地不怕的天狗，也會對此感到卻步。

在場所有人都一臉凝重地陷入沉思……

「除了朱門山的天狗外，我想還有一位八葉有希望。」

銀次先生直視著白夜先生，同時用平靜的聲調說道。

「東南大地八葉——大湖串糕點屋的石榴小姐。」

「……咦？」

原本低著頭的大家不禁抬起了臉。

因為這個「人選」實在太超乎預料。

「這……這太胡來啦，小老闆！大湖串糕點和天神屋從以前就交惡，洗豆妖他們最痛恨鬼族了！」

「是的。曉說得沒錯，別說靠他們了，他們願意伸出任何援手的可能性都等於零……那位八葉就是那樣的人。」

既然這樣，又為何如此提議？

所有人無不懷抱著這個疑問。而白夜先生為我們解答。

「洗豆妖大多討厭鬼族，原因是在遠古隱世的霸權鬥爭之中，受到刹鬼最嚴重迫害的正是他們。即使現在，商業往來層面的問題有時能透過交易周旋來設法解決，但在那樣的歷史背景下，要翻轉他們的思考難如登天。」

「那麼理由是什麼呢？」

曉委婉地問道。

「雖然這是洗豆妖一族的共同意志，但石榴本人真的痛恨大老闆嗎？我實在不認為。他們曾是同窗好友，兩人的友誼跨越了種族的桎梏。我很清楚他們曾有過那樣的過去。」

「……」

所有人都安靜地聽著白夜先生的這番話。

唯有阿涼賭氣似地噘起嘴說道：

「可是那個叫石榴的八葉不是老早就像個背叛者一樣離開天神屋了嗎？現在可是宮中御用的知名點心師傅，名聲和地位都到手了，我看她早就徹底忘了大老闆吧。應該說那個女人才不會如此依依不捨，伸出援手幫助舊情人什麼的。」

「阿、阿涼，什麼舊情人……」

「事實不就是這樣嗎？雖然在葵的面前講這些不太好，但我實在不認為那個愛裝年輕的洗豆妖會願意幫我們一把～」

的確。按一般道理來說，阿涼那樣想或許沒錯。

我指的並非大老闆與石榴小姐的過往關係，而是她應該不會願意幫助天神屋這一點。

但此時的我卻搖頭否定說：「不對。」

「如果能說服成功，我認為石榴小姐有可能幫助我們……」

所有人的眼神都聚在我身上。

因為我的一番話，白夜先生瞇起了雙眼問：

「葵，為何妳會如此認為？」

「之前石榴小姐說過大老闆對自己有恩，但她身為洗豆妖也有自己的立場。除非有能夠打動她的強烈主張，或是能激發熱情的契機，讓她願意拋下這些桎梏——她是這麼說的。」

「……熱情？」

「想必她是希望從我的料理之中找到足以說服她伸出援手的價值與潛力，我……我必須負責說服她。」

我緊握住放在膝上的雙手。

石榴小姐過去曾在夕顏的現址經營茶館。

據聞那間茶館所推出的甜點全是稀奇的自創作品，廣受顧客好評，成為引導天神屋步上軌道的助力。

石榴小姐是那個空間的第一代主人。

現在則是我。

若要形容成新舊對決有點庸俗，但或許我確實有必要在各種層面上獲得她的認可。唯有真正超越她，才能獲得開拓新局面的那把鑰匙。

「……原來如此。石榴她對妳說了這些啊。」

白夜先生將摺扇闔起，直直指向我。

「既然這樣，那麼說服大湖串糕點屋一事就交給葵吧。正確來說，這個任務只有妳能達成。」

我嚴肅地板起臉，堅定地點頭。

「可是，我該去哪裡才能見到石榴小姐？」

「請先留步，我想鐮鼬送來的式神差不多快到了。」

銀次先生叫住我。就在此刻，一封連絡用的信使來到現場，想必就是庭園師鐮鼬發送過來的吧。

那是一張折成青蛙造型的摺紙，輕盈地一路跳到白夜先生的膝上。

白夜先生打開紙青蛙，邊推了推臉上的單邊眼鏡邊讀取報告內容。

「石榴似乎正在大湖串糕點屋的妖都店內，準備今晚八葉夜行會的茶點。」

大湖串糕點屋的妖都店……

「那我現在就去看看。雖然沒有踢館的意思，但可不能畏畏縮縮的。」

「我也陪葵小姐同行吧，那邊還有其他洗豆妖在，也許會有危險。」

若有銀次先生的陪同，那是再令人安心不過的強心劑了。

白夜先生也同意地說：「這樣也好。」同時將手中的摺紙撕成碎片。

「那、那不然！說服朱門山天狗的任務，就交給身為大掌櫃的我來執行吧。葉鳥先生是我的前上司，以前就被迫聽他抱怨家務事，關於葉澄殿下的事情我一清二楚！」

「不，應該派身為女二掌櫃的我出馬才對！雖然天狗在我眼中只是一群難搞的奧客，但像曉那種人在關鍵時刻又硬不起來，這任務萬萬不能交給他！再說，可別小看我們接待員的手腕了，要怎麼應付天狗，我比曉那傢伙更有一手！」

「阿涼妳說什麼！我在旁邊默默不回話，妳就越說越過分了！」

「我只不過是陳述事實罷了！」

曉跟阿涼似乎是看我和銀次先生被交付了任務而受到刺激，異口同聲地開始毛遂自薦，甚至你一句我一句地鬥起嘴來。

「啊～果然是半斤八兩呢。」

「就是說啊～」

小不點與小愛冷眼望著這兩位老大不小的妖怪。

白夜先生實在看不下去，嚴厲地清了清喉嚨後，阻止兩人繼續爭執。

「那你們就一起去！誰出面都無所謂……總之一定要成功說動朱門山天狗，聽到沒！」

「是，我明白，會計長殿下。」

「我絕對會交出成果的！」

受白夜先生之命，曉與阿涼兩人搶著出發，誰也不讓誰。

「兩位先留步，你們知道確切地點嗎？」

銀次先生的呼喊讓兩人瞬間停下腳步，乖乖回到原地。

「真是前途堪憂……」

白夜先生憂心忡忡。

他將地圖遞給曉與阿涼，上頭記載了天狗群在妖都內做為據點的旅館位置，並目送兩人出發。他的眼神甚至流露出為人父母般的關愛。

在我身旁的小愛也自動自發地化為鬼火形態，說了句「我跟他們一起去～」便跟上前去。雖然嚇了一跳，不過小愛應該是判斷那兩人需要的正是自己的幫忙吧。

路上小心啊，小愛。曉和阿涼就交給妳了。

「那我們也準備出發吧，銀次先生。」

「是。」

肚子也填飽了，可不能輸給曉和阿涼他們。況且再不加緊腳步，也難以趕上今晚的八葉夜行會。畢竟時間是不等人的。

「葵，妳先等等。」

正當我準備出發之時，卻被白夜先生挽留。地圖的話，銀次先生都已經帶好了啦。

然而白夜先生要說的似乎不是這個。

「石榴曾經一度否定了妳的料理。要說服她想必是困難重重，但這個任務只能拜託妳了。」

白夜先生看起來和平常一樣沉著淡定，但果然心裡還是相當擔憂吧。

「啊哈哈！真不像白夜先生會說的話耶。」

我忍不住笑了出來，真沒想到他會替我擔心。

不……他其實放不下所有人。

大老闆就不用說了，還包含了每一個為大老闆竭盡心力的天神屋員工們。

於是我把抱在懷裡的便當盒展示給白夜先生看，同時說道：

「白夜先生，別擔心。我有我需要完成的事。現在無論如何都要見大老闆一面，讓他品嘗這個便當。為了達成這個目的，我會竭盡全力的。」

「為何妳如此執著於見到大老闆？妳一路來到這裡、做到這般地步究竟是基於什麼理由？」

白夜先生的質問彷彿想再度確認我的決心。

所以我毫不猶豫地回答——

「因為我喜歡大老闆，所以必須好好地把這份心意傳達給他。」

白夜先生微微瞪大雙眼，隨後緩緩垂下視線，溫柔的笑容乍現。在他身後獨自默默吃著牛腸鍋的砂樂博士，臉上也浮現微笑。

他們倆彷彿將大老闆視如己出。

「我明白了，出發去吧。妳有這份心意肯定就足夠了。」

「……嗯！那我出發了！」

這番話就像一股推動我的力量，讓我心裡湧現滿滿的鬥志與勇氣。

當一個人明白自己最該重視的是什麼，自然清楚該前進的方向、該完成的任務是什麼。

現在的我沒有一絲迷惘，因為我已了解自己的心意。

「……那我們啟程吧，葵小姐。」

「銀次先生。」

「沒問題，您一定可以披荊斬棘的。請您務必把這份心意……傳達給大老闆知道。」

接著銀次先生走向前，拉起我的手，就如同往常一樣。

他的背影一直都很可靠，但此刻我卻無法看清他臉上的表情。

我重新戴上無臉妖面具，踏出「如虎添翼」，朝敵營出發。

妖都的居民們無不歡慶著新年的到來，渾然不知我們即將展開背水一戰。

第二話

曉與阿涼，插手天狗家務事

我名叫曉。
身為土蜘蛛的我，同時也是天神屋的大掌櫃。
為了拯救這世上我最敬重的人物——我們天神屋的大老闆，我與砂樂博士、葵，以及順道參一腳的阿涼一同緊急前往妖都，不久即被會計長分派了「說服朱門山天狗」這項任務。
就在剛剛，我們來到了據說是天狗們下榻的旅館前。
與我共事的雪女阿涼還是老樣子，在旁邊吵個沒停。
「欸，我說曉呀～朱門山的那些天狗真的住在這裡嗎？」
「地圖上是這麼寫的，就是這間『妖都飯店』啊。不過……這旅館還真怪異啊。」
那是一間座落於妖都一級地段的細長建築物，宛如現世的高樓。
這飯店正如其名，建築外觀也令人聯想到現世裡的現代風格飯店，讓我皺起了臉。
阿涼不知想起什麼似地，握拳輕敲了一下手心。
「對了，之前我曾聽妖都來的客人說過啊，最近妖都蓋了間現世風格的旅館。肯定就是指這裡啦！據說現在蔚為一股風潮呢。」

「這種旅館到底哪裡好啊……是說阿涼，黏在妳背後的那東西是啥？」

「嗯？我背後？」

其實我打從剛才就很在意，不時從阿涼背後隱約露出的那個綠色物體。

阿涼伸手繞往背後，一股勁抓住那團東西往前扯。

那竟然是葵的鬼火眷屬。

我記得好像叫「愛」來著。

鬼火發出「砰」一聲，化身為鬼女形態，外貌跟大老闆有幾分神似。

「疼疼疼！阿涼大人下手真狠～是我啦，我是愛。」

「這我用看的也知道啦。妳是怎樣？明明是葵的眷屬幹嘛跟過來？」

「嘿嘿！因為我想說若要應付天狗，外形能變成葵大人的我在場，各方面都能幫上忙吧。而且我手藝雖不如葵大人，但至少學了很多她的料理，最能重現她的口味了。有需要時請儘管吩咐我！」

愛又「砰」一聲地變身，這次幻化成葵的外型。

外貌確實就像同一個模子刻出來的，不過臉上的笑容看起來有點傻乎乎。

「這一次會有需要靠料理決勝負的場面嗎？」

「不過妳說得有道理。即使不是本人，能有長得跟葵一模一樣的幫手在場，各方面都比較好辦事。畢竟松葉大人對葵一片癡心。」

我衷心地感到佩服。

剛開始萌生自我意識的鬼火，沒多久以前還像個初生赤子，現在已經能自我思考，憑自己的意志來到這裡。

這鬼火誕生自大老闆之手，在葵的靈力下茁壯成長。

如果說她繼承了大老闆的冷靜沉著與開朗外向，以及葵的行動力，那也不意外。如今她已是能獨當一面的個體。

「好。那妳就跟著我們一起來吧，愛。對方可是天狗，不好應付喔。」

「我明白了，曉大人～」

愛露出親切可人的笑容，充滿精神地回應我。還順便朝我撲上來抱得緊緊的，我急忙把她拉開。真是的，該說她是天真無邪還是怎樣……

旁邊是滿肚子壞水的阿涼，這下對比感更加強烈了……

「曉你幹嘛呀？少在那邊上下打量我。」

「我才沒看妳。」

「管它是什麼現世風格啦飯店啦，快點直搗黃龍，把事情辦一辦啦。我得證明除了葵以外，我也是有兩下子的。」

「妳還真是幹勁十足耶，前陣子明明還是個喪志的廢物接待員。」

「少囉嗦啦，曉。我都已經回歸女二掌櫃了，是個關鍵時刻就會拿出真本領的女人啦！」

聽阿涼這麼一說才想起來，她的確復職為天神屋的女二掌櫃了。

據說是在北方大地時救了前員工春日一命，立下的功績獲得認可。

踏入飯店，大廳高掛的金碧輝煌水晶吊燈令人目眩。抬頭看著看著，才發現腳穿木屐的我們踩上了西式風格的紅地毯。

飯店內旅客眾多，同為旅館業者的我看著這景象感到些許焦慮。

這裡聽說是從現世回來的年輕創業家所經營的飯店。雖然天神屋內部也有採用現世風格的元素，但整體如此重現現世摩登風格的飯店，或許的確很稀奇。

「歡迎光臨。感謝蒞臨本飯店，請問客人有預約住宿嗎？」

站在櫃檯的員工帶著親切笑容招呼我。對方梳著整齊的三七分髮型，身上穿著現世風格的飯店服務員套裝。

這些接待用語我平常也會使用，或許問題出在儀容打扮大不相同吧。

「沒，沒有。我、呃……有事要拜訪在這裡下榻的朱門山天狗……這樣子。」

我莫名地慌了手腳，被阿涼吐嘈「你是在緊張什麼啦」。

就在此時——

「咦？是你們？」

背後傳來再熟悉不過的聲音，於是我們倆回過頭去。
天狗葉鳥先生正好剛踏進飯店內。他過去曾是天神屋的大掌櫃，後來轉職去折尾屋繼續做同樣的職務，但現在似乎不然。
我不清楚他現在的工作，也沒有興趣了解。
「密探前來通報說天神屋將派幫手過來，沒想到竟然是曉跟阿涼你們啊！啊，葵小姐妳也來啦？」
「啊，我不是喔～我是她的眷屬，名叫愛～」
「咦咦咦咦咦！」
葉鳥先生露出大失所望的表情，假裝跌倒。
他順勢伸出拳頭捶打著毛絨絨的地毯。
「我的天啊！派這不可靠的幫手過來！葵小姐她人呢！我還篤定她一定會來的～她本人沒來，這事肯定不用談了！」
「……」
葉鳥先生像個死小孩一樣大呼小叫著。
都老大不小了還這副樣子真丟人，真不想承認這個人是我的前上司。
不過他的話也有道理，如果得知天神屋要派幫手來，的確會期待被朱門山天狗眾奉為大姐般景仰的葵到場吧。但葉鳥先生一看到被送來的是我們，就已經確信會打敗仗，這種反應還是一樣令人火大……

「哎呀～葉鳥先生，連自己家人都說不動的你，有什麼資格對我們說三道四啊。」

然而阿涼卻露出冰一般的冷酷眼神俯視著葉鳥先生，予以反駁。

「是說你左一句葵右一句葵的，全指望她幫忙到底算什麼啦！我明明也是個女強人。啊～不跟你廢話了，總之讓我會會你們天狗的大當家！我要好好訓訓他！」

阿涼用充滿個人風格的口吻，連帶丟出了謁見天狗當家的要求。

唯有在此刻，我不禁在內心佩服她幹得好。

「阿涼妳還真敢說耶，曉你也幫幫忙吧。」

「不，恕我無法。就如阿涼所說，請讓我們見當家一面。」

「曉，你這傢伙……」

葉鳥先生似乎拗不過我們，長嘆了一口氣。

「唉～～帶你們去也行啦，但可別抱太大期待喔。」

他引領我們前往朱門山天狗們下榻的房間。

這間飯店的外觀雖然看似西式酒店，內部其實區分成和室與洋房，據說天狗眾一大家子長期包下了最高樓層的和室與大廳來居住。

看著毛毛躁躁的天狗們在走廊上穿梭，讓我感到一陣疑惑。

看向窗外的天狗們，也同樣匆忙地來來回回。

「發生了什麼狀況嗎？大家看起來似乎都靜不下來。」

我試著詢問走在前面的葉鳥先生。他似乎也覺得哪裡不對勁，於是跑去向天狗們打探。

他慌慌張張地回來，一臉鐵青。

「糟了！現在事情大條了，我們朱門山天狗根本沒空去管今晚的八葉夜行會還是大老闆跟天神屋的事情啦！」

「什麼？」

「聽說大嫂剛才開始陣痛了，明明還不到預產期……所以剛才跑去找原本預定在妖都幫忙接生的醫生，可是……那個大夫不知有什麼苦衷，趁著特別熱鬧的春節時期連夜潛逃了。」

「咦……」

聽說雖然也有去詢問其他醫生，但正巧所有醫院都忙不過來，現在找不到人接生。

「這、這下子的確是事情大條了！」

我也變得一臉慘白。

就在此時，眼前的和室拉門裡傳出松葉大人的怒吼。

「喂～～大夫還沒來嗎！我心心念念的第一個金孫都快生出來啦！鷹子要是有個萬一怎麼辦？你們這群蠢材，快去給我找個好大夫過來！」

不出我所料，松葉大人似乎因為遍尋不著醫生而大發雷霆中。這下子的確沒空商量什麼今晚的八葉夜行會了，現在可不是時候。

葉鳥先生膽戰心驚地拉開門。

他壓低音量告訴松葉大人：「老爸，有客人來啦。」但轉過頭來的松葉大人氣得面紅耳赤。

「客人？現在哪有空管什麼客……」

然而，他的視線越過了我和阿涼，望向外貌化作葵的愛。

「噢噢噢！葵！妳為了我千里迢迢跑來這裡啊？」

轉眼之間，松葉大人臉上已充滿雀躍的光芒。

他笑眯的眼尾已經彎到不能再彎。

「啊，不，我不是葵大人。我叫愛，是她的眷屬！」

「咦？」

松葉大人一時意會不過來，呆若木雞。

我和阿涼更是嚇得說不出話。本來不是說化身為葵才好應付天狗們，所以才一路跟著我們過來嗎？為什麼自曝真實身分？

「……妳說啥？在這種緊要關頭，還裝成葵的樣子來戲弄我嗎？」

松葉大人的怒氣簡直快先把屋頂掀了。

我急忙上前保護小愛免於遭殃，同時開口緩頰。

「不、不是這樣的，松葉大人！我們只是想找您商量天神屋今後的打算，呃……」

「夠了！事到如今誰還管你們天神屋死活！蠢蛋！現在最重要的是我們家長子葉澄與妻子鷹

子正要誕生的長孫啊！你沒看見現在這緊急狀況嗎！啊？」

「當、當然有看見。所以……我想說，是不是有我們能幫上忙的地方。」

然而我的提議沒得到回應，松葉大人只顧著頻頻唉聲嘆氣。

「我的孫子，我的長孫就要問世了！為什麼這種緊要關頭卻找不到任何一間有空房的醫院！大夫們也都分身乏術，這到底怎麼回事！」

「我聽說春節期間特別容易出現酗酒過度啦、吃年糕噎到啦、或是玩得太瘋跳下河的傢伙，最後都被救護車送去醫院。」

「大蠢蛋！葉鳥你這個不成材的兒子，在那邊冷靜分析什麼啊！」

松葉大人似乎已經徹底亂了陣腳，無暇好好聽我們說話。

他一邊發飆一邊哭喊著若沒見到心心念念的孫子，自己會死不瞑目。

「老爸吵死啦！你待在這只會妨礙鷹子！滾一邊去！」

就在此時，內廳的門被猛然拉開，從中走出來的是一位威風凜凜的天狗男。

這位正是朱門山的八葉——葉澄殿下。

面容貌似葉鳥先生的他是個體格健壯的美男子，卻帶著一臉難色，眉間擠出的皺紋簡直不能再深。畢竟現在狀況緊急，的確不能怪他。

「夫人，請振作點。」

「醫生就快到了！」

接著內廳裡傳出女性的痛苦呻吟，還有年輕女子們的加油打氣聲。

松葉大人一臉慘白，不知所措地抱著頭。

飯店內幫忙提行李的年輕女服務員們全都派不上用場，表情不安、慌慌張張地出入房間，這間新開張的飯店裡也沒有任何此刻最需要的資歷老練女掌櫃，或是有點地位的女接待員。

而我也未曾經歷過這樣的場面，只能不知所措地愣在原地。

到底該怎麼辦才好……

「啊啊真是的！看不下去了！」

此時，阿涼手扠著腰，用一如往常的態度高聲嚷嚷。

「真受不了，全是一群廢物。聽好了！現在由我來負責接生孩子！」

「啥……阿涼？」

這女人突然說什麼鬼話。

然而她臉上的表情比誰都還充滿男子氣魄。

「別小看我，我可是經歷過好幾次客人臨盆的場面。畢竟有時在住宿期間突然陣痛，醫生也來不及趕到，接生這檔事我可不是新手啦。」

「……」

現場所有人都嚇呆了，其中最吃驚的莫過於身為天狗當家的葉澄殿下。

「妳……妳是誰啊？怎麼可能把我的孩子交給素昧平生的傢伙！」

他對於突然現身又一副高傲態度的雪女抱持著強烈的不信任。

阿涼將手按在胸前，落落大方地報上名號。

「我是天神屋的女二掌櫃阿涼。」

那副姿態正是過去總是自信滿滿，橫行於天神屋的女二掌櫃阿涼本人沒錯。

我看著這個重返榮耀的堅強女人。

「好啦，所有男士請迴避！你們只會礙事！啊，這間飯店的服務員，幫我盡量多燒點滾水拿過來。順便準備長袖圍裙給我，有多少擦手布都拿過來！動作快！別愣在原地了！」

所有男性被阿涼的氣勢所懾服，乖乖地被趕到走廊外。

留在現場的女服務員們則在阿涼的指示之下俐落地動作。

看來女二掌櫃平常壓榨底下接待員們的技能，在此刻完全派上用場。

「這這這、這什麼狀況！我的寶貝孫子竟然要交給那個壞心眼的天神屋女二掌櫃來接生！她既非大夫也非接生婆，只是個外行人啊！啊啊啊！這下該如何是好！這種時候如果有笹良在該有多好……」

「我說老爸你吵死了，嗓門有夠大！」

「你、你說啥？」

正如葉鳥先生所說，松葉大人已經完全失去了冷靜，繼續待在這裡不知道會做出什麼事。而且也真的滿吵的，只會妨礙接生。

此時，愛伸手輕搭上松葉大人的肩膀，然後指了指自己。

「松葉大人～要不要去旁邊的房間跟我聊聊天？就算待在這裡也只能窮緊張不是嗎？我們又幫不上忙，冷靜下來幫忙祈禱吧～」

「……祈禱？」

「我可以順便把葵大人這一路上的英勇事蹟說給您聽喔～是她親口告訴我的。」

「葵的英勇事蹟？」

松葉大人的臉色微微一變。

「葵大人為了救出大老闆，踏上一趟絕命驚險之旅。她遇見眾多隱世的高等大妖怪，運用廚藝來進行交涉。還勇闖妖都啦、在北方大地差點罹難啦、還有到文門之地幫孤兒院張羅年菜什麼的。」

「哦？葵什麼時候這樣勇闖天涯了……」

松葉大人收起剛才的火爆老頭模式，對愛的這番話充滿興趣。

「嘿嘿！其實我誕生自大老闆的鬼火，被葵大人的靈力養育長大～所以說，我算是葵大人的女兒，也就等同於松葉大人的曾孫女～」

「……我的曾孫女？」

「沒錯沒錯～來，我們一起去那邊的客房吧。」

「……」

松葉大人被（披著葵外皮的）愛拉起手，乖乖地離開現場。這畫面的確像一對祖孫，雖然照愛的說法她是曾孫才對。

這下子噪音源總算消失了。阿涼和愛都找到自己能發揮長處的地方，大展身手。

女人真是厲害啊，在這種時刻依然能保持冷靜。

那我在這樣的狀況下又能做些什麼呢？

我什麼忙也幫不上，我總是如此派不上用場……

「唉呀，曉你怎麼啦？」

此時葉鳥先生輕拍我的肩。

「在阿涼出面幫忙時說這些實在不好意思，不過我們朱門山天狗現在無暇談其他事了。今晚的八葉夜行會，你們恐怕不能指望朱門山的幫忙了。你還是去另尋高明方為上策。」

葉鳥先生露出五味雜陳的表情對我耳語，看似感到很歉疚。

的確，在這般狀況下要我如何開口請朱門山的天狗們對天神屋伸出援手，這樣實在有失禮節。

但我又不可能把在這裡賣命的阿涼和愛留在原地，自己去另尋其他援助……

「真沒想到事情會演變至此，真的想都沒想到。鷹子和孩子要是有個萬一，我就……啊啊啊！」

從剛才就聽到一陣陣宛若誦經的呢喃聲不停傳來，原來是身為人夫的葉澄殿下一直用頭敲著牆壁，一副坐立難安的模樣。

他應該是擔心妻小的安危吧，想到這就令我同情，但那亂了分寸的模樣又和剛才的松葉大人有幾分像……

「葉澄殿下，這一次就相信阿涼吧。」

「啥……？」

「毋須擔心，別看她那樣，關鍵時刻是會拿出真本事的。」

雖然至今未曾有過任何交集，我卻有一股衝動想鼓勵這位天狗大當家。

然而葉澄殿下卻狠狠瞪向我，用厭惡的口吻嘟囔：「天神屋……」

「對了，那個雪女說她是天神屋的女二掌櫃是吧。要我接受天神屋的幫忙，只會害我們天狗更加激怒妖王家啊！」

「咦？」

激怒妖王家……？

他鐵青著臉，又再度把頭狠狠敲往牆壁。

「這肯定是雷獸大人降下的天譴。個個都這樣，全怪老爸他企圖替天神屋撐腰，還有老弟跑去敵對陣營折尾屋工作……」

總覺得話題越來越偏往奇怪的方向了。

葉澄殿下為何對妖王家與雷獸抱持如此深的恐懼？

「老哥你真的是膽小如鼠耶，還算是隻天狗嗎？」

「葉鳥你少囉嗦！像你活得這麼無憂無慮的三兒子是懂什麼！」

葉澄殿下揪住葉鳥先生的領口。

「雷獸大人在朱門山劈下大雷，造成部分山崩，差點演變成山林大火耶！你知道這造成了多少災情嗎！」

「？」

雷獸在朱門山上劈大雷……？

「雷獸大人對我說過，要是站在天神屋那一邊就要降雷毀了朱門山。那位大人對於我們朱門山天狗先前提供儀式必需的『天狗祕酒』給南方大地一事，一直懷恨在心。」

「葉澄殿下……」

「我有義務保護朱門山，守護天狗一族以及我的妻小。天狗還能桀驁不遜地橫行天下的時代早已結束了！今後我們必須活得溫良恭儉……」

「……」

要說服朱門山大概很難了，畢竟他們對妖王家恐懼如此之深，而且還受到那隻雷獸的威脅。

雖然這作風有失天狗之威嚴，但他確實選擇了身為八葉應採取的正確行動。

然而葉鳥先生卻一臉凝重地轉身與兄長面對面，質問對方。

「可是老哥你聽我說，難道我們要永遠這樣對雷獸言聽計從嗎？現在選擇屈服就等於認輸了，朱門山天狗也將形同奴隸。」

平時總是吊兒郎當的他，這次卻用了最耿直的說法。

「老哥你應該也知道不少內情，我就直說了。妖王家那群傢伙企圖把一身清白的大老闆幽禁在地底。你應該不至於愚昧到不明白這代表什麼吧？」

「那是因為……天神屋的大老闆是罪孽深重的惡鬼。」

葉澄殿下別開了眼神。

察覺到他內心的些微動搖，我忍不住用強硬的口氣反駁。

「可是大老闆又沒有犯下任何罪行！就只因為他是邪鬼……不，是過去統治這片土地的剎鬼之後代，如此而已。說起來，我聽聞最先展開侵略的是妖王家才對……」

「你這傢伙！少胡說八道了！」

葉澄殿下大聲喝止我繼續說下去。

他的表情已超越焦慮，陷入恐懼的戰慄之中。

「這裡可是妖都，無法保證是否隔牆有耳！要是在這種時候被雷獸大人嗅出形跡，對我們下手的話……你想讓我的妻兒身處險境嗎！」

「……」

我用力握拳，眉頭緊皺。

朱門山不為所動。葉澄殿下已經鐵了心，我方並沒有能讓他安心的籌碼。

然而葉鳥先生深深嘆了一口氣。

「雷獸當然是強大的威脅，地位比我們朱門山的天狗還高，也握有更大的權力。但是我說老哥啊，我們折尾屋可是跟那隻雷獸不停纏鬥，最終獲得了勝利。雖然一路的確吃盡苦頭，但我可不像你打從一開始就選擇投降。」

我又驚訝地猛然抬起頭。身為折尾屋一員的葉鳥先生，確實不畏那隻雷獸的各種阻撓，成為順利促成南方大地儀式的功臣之一。

「你想告訴自己的孩子，所謂的正義就是只要自己受威脅，就能把無辜之人冠上莫須有罪名，扔進地牢裡嗎？……這是為人父親該做的榜樣嗎？」

「你……」

「孩子是看著父親的背影長大的，這道理你明明應該最清楚不過。」

啊……葉澄殿下彷彿遭五雷轟頂，受到相當大的打擊，看來他對那句話相當熟悉。

葉鳥先生的勸說似乎是有用的。

既然如此，我也必須將自己的想法訴諸言語。

「大老闆寧願不顧自己安危，也從不會對需要幫助的人見死不救。天神屋裡全是受大老闆幫助過的妖怪，身為大當家，他的一舉一動與正義之姿，所有員工、下屬都看在眼裡。所以天神屋才會上下一心，想把他救回來。」

「這……」

眼前這個人心裡本來就存在著「迷惘」，所以才會露出如此痛苦的表情。

屏除場面話與使命，若要說有什麼東西能撼動一個人的真心、真正打動他的話，我想現在需要的正是堅定的意志與言語吧。

「現在若是向雷獸屈服了，今後也會受那個男人恣意擺布吧。放長遠點來看，您留給下一代的資產只剩下負數。現在只能選擇起身奮戰了。」

葉澄殿下試圖反駁，卻又陷入無語之中。

看來我的這番話並非完全沒打中他的內心。

內心受糾結所苦的他無法痛下決斷，只能緊緊咬著牙。他真的是個認真又耿直的人吧。

「欸，老哥啊。我們天狗的性情確實反覆無常，但能誠實面對自己的內心也是我們的優點所在。若喪失了正直，就真的連天狗都不是了。」

葉鳥先生搭著兄長的肩膀，語帶安慰似地勸說。

「老哥你從以前就是個責任心特別強的人，總是站在必須顧全大局的立場。要保護老媽免於酒鬼老爸的威脅，有時又要顧好行動不受控制的弟弟們。像老哥這樣選擇『保全』也並非一種錯誤吧。但我認為這次不一樣。如果你有真心想守護的東西，就不該選擇屈服於雷獸，打倒他才是最聰明的做法。」

沒想到葉鳥先生搬出一段大道理。

然而正如他所言，我們絕不能在那隻雷獸的威脅與阻撓下低頭。

若真心想保護家園，眾八葉就應該齊心協力想辦法撂倒他。

「在這種時候……不，正是因為身處這危急存亡之秋，容我再一次正式拜託您——朱門山的八葉，葉澄殿下。」

我當場雙膝一跪，手撐在地面上深深低頭。

「希望您能伸出援手解救天神屋大老闆。那位大人並不是什麼惡鬼，受妖王家重用的雷獸才是幹盡了壞事。像八葉這等地位的人物，應該都很清楚這些內情。」

現在我能做的努力，只有這些了。

對方一時之間毫無回應，我仍繼續低著頭。

沒多久後，葉澄殿下用極為微弱的聲量開了口。

「……這種事情我當然也明白。」

他的回答讓我不禁抬起頭。

「我們朱門山天狗——正確來說應該是我那個混帳老爸，三番兩次給天神屋添麻煩。然而天神屋大老闆明明身為鬼族卻擁有廣大的胸襟，總是老神在在地一笑置之，面對任何人事物都用寬容的心去包容。我一直認為身為八葉，那位高等大妖怪是我最應該效法的典範，無庸置疑……」

我甚至能感受到他眼神之中流露出的景仰。葉澄殿下繼續說道：

「但是，為了隱世的未來，大老闆需要成為『祭品』。」

「……咦？」

未來？祭品……？

「我想守護下一代的將來。妖王家會如此重用雷獸大人，正是因為他有預知隱世未來的能力。」

他口中這些我不知道的事實，想必只有「八葉」才知情。

話雖如此，葉澄殿下卻似乎仍未完全斬斷內心的迷惘。

一陣短暫的沉默降臨。突然之間，一陣嬰兒的啼哭聲彷彿劃破空氣，讓在場陷入無語的男人們抬起了頭。

大家都面面相覷。

「生、生了？」

「生了……！」

「夫人生了！」

無論是我、葉鳥先生還是周圍的天狗們，全都異口同聲地說道。

身為人夫的葉澄殿下率先站起身，快步趕往夫人所在的客房。此時正好遇到一位女服務員出來，便引領他進入房內。

「我聽見嬰兒的哭聲啦！是我的金孫啊！」

原本待在別間客房，由愛幫忙應付的松葉大人也在聽到這陣哭聲後飛奔了過來。

正如「飛奔」的字面意義，他真的用那對翅膀飛過飯店走廊。

我們一邊把手忙腳亂的他壓制在原地，一邊暫且等待著危機解除的消息。不一會兒，我們天神屋的阿涼走出拉門外。

「好啦，孩子順利誕生啦。是個健康又可愛的男孩。夫人也一切平安。」

阿涼給了一個開懷的露齒笑容，為我們帶來喜訊。這個消息讓天狗們全都歡聲雷動。

「唔噢噢噢噢噢！阿涼妳幹得好呀！」

「阿涼，我就知道妳只要有心就辦得到！」

葉鳥先生與我慰勞著剛完成浩大工程的阿涼。

「少說傻話了，最努力的人是夫人才對，我只不過是旁邊的助手。」

然而阿涼卻難得用冷靜的口吻理性吐嘈。

原本還想說她真反常，結果發現……她的雙眼微帶濕潤，為了掩飾還用衣袖擦著眼角。

絲毫沒發現異狀的葉鳥先生，與馬上開始幫金孫想名字的松葉大人你一句我一句地鬥起嘴來。但我並沒有錯過這一瞬間。

想必就連阿涼那種人，這次也相當忐忑不安吧。

抑或是因為親手迎接新生命的誕生，讓她那樣的人也感動了？

當她自告奮勇要幫忙接生時，臉上的表情簡直自信滿滿。直到現在我才明白她剛才接下的重責大任有多麼地沉重。

然而她的堅強，一部分也是為了不讓已陷入恐慌的男人們更加不安吧。

不然母子兩條命都交到她手上，怎麼可能沒壓力。

「阿涼，妳還好吧？」

「……幹嘛啦，現在才在擔心什麼。哼。」

即使我釋出關心，阿涼仍立刻轉回帶刺的態度，不願露出脆弱的一面。

然而此時，我的內心卻被阿涼堅強與脆弱的極端反差微微打動了。

「欸，曉。我看你也閒閒沒事做，去跟愛一起準備一些能吃的東西過來吧。」

「啥？能吃的東西？」

「等夫人狀況穩定下來，應該也會開始覺得餓吧。而且老實說我也餓扁啦，應該說現在所有人都飢腸轆轆吧。我想吃點滑順好入口又有飽足感的食物。」

「這什麼要求啊。我又不是葵，哪有辦法兩三下就……」

我的腦海中卻隨即閃過了某道料理。

沒問題。這道料理符合所有要求，而且連我也做得出來！

「喂，叫愛的鬼火，妳在哪裡？」

「有～我在這～」

保持綠色鬼火形態的愛輕飄飄地從空中飛了過來，在我眼前變成往常的鬼女外貌。

「妳知道葵的那道『水餃』怎麼做嗎？」

「嗯嗯，當然了～」

「那妳來幫我一起包水餃。」

「這提案真不錯～我想葵大人一定也認為這種時候最適合吃點水餃暖暖胃了。」

最了解葵所有心思的她，拍手表示贊成。

得到她的支持後，我們便撥開歡欣鼓舞的天狗群前進，與女員工商量後，成功借到一間附有廚房的長期住宿專用客房。

「啊，葉鳥先生！我看你其實也沒事可幹吧，去幫忙跑腿。」

「咦？跑腿？」

「雖然順利跟飯店裡的廚房分到了食材，但還缺幾樣材料。啊，請你在十五分鐘內買回來喔。」

「十五分鐘？怎麼能這樣使喚你的前上司啊，曉～」

「你現在又不是。」

葉鳥先生一邊慌慌張張地鬼叫，一邊展翅從窗口起飛。

天狗這種妖怪，在這樣的緊急時刻能隨時說走就走，真令人羨慕。

好啦，該來繼續忙了。

事不宜遲，我們馬上前往附設廚房的客房，把女服務員們幫忙運來的材料擺好，並把所有手邊沒事的人手召集過來，製作足夠數量的餃子，好填飽剛才忙了一輪的所有人。

時間約莫經過了一小時。

我跟愛加上葉鳥先生三人，把剛煮好的水餃連同鍋子運往飯店最高層。

阿涼和眾天狗擠在外頭窺探狀況的那間房，就在這層樓。

「夫人在裡面嗎？」

「是呀。啊啊，有股好香的味道～」

餓壞的阿涼湊近看著裝水餃的鍋子，而我們趁此時從拉門隙縫中窺探裡頭的動靜。

房裡有一位女性正抱著初生嬰兒，還有眼眶仍然微濕的葉澄殿下，他正湊近看著自己兒子的臉龐。另外還有笑彎眼的松葉大人正慈愛地哄著自己的長孫。在和諧的氣氛中，一家人正共度著寶貴的天倫之樂時光。

抱著嬰兒的那位女性，想必就是葉澄殿下的夫人——鷹子殿下吧。

我們取得房內的許可，端著水餃進入其中。

雖然我不喜歡小孩，但這嬰兒近看實在可愛得惹人憐，還長著一對小巧的天狗翅膀。羽翼前端參雜著些許白色，是滿稀有的毛色。

「哎呀，勞煩各位幫忙準備了餐點過來嗎？」

「是，我們做了方便進食的水餃。」

看嬰兒現在也睡得正香，鷹子夫人便帶著笑容回應：「正好我現在似乎有點胃口能吃東西了。」

除了鷹子夫人的份，我們也張羅了水餃給葉澄殿下、松葉大人、所有幫忙盡一份力的飯店女員工，以及四處奔走的朱門山天狗，當然也少不了阿涼的份。

「這是您親手做的嗎？」

鷹子夫人問向我。

「是，這也曾是那位津場木史郎的拿手料理，後來傳承給了津場木葵。我以前也曾經學過做法。」

「噢！是那位傳說中的津場木葵大人？我早已從松葉大人口中聽聞。聽說她的料理在創新之中又帶著懷舊熟悉感，其美妙滋味能卸下妖怪的心防。」

「啊，不過這畢竟是我做的……」

「呵呵，非常美味喲。柔軟的口感又帶點彈性，內餡的調味清淡溫和，吃起來很舒服，是一股令人感到安心的滋味。」

鷹子夫人吃了一口水餃，露出泫然欲泣般的微笑說道。

我才真是安心地鬆了一口氣。

水餃啊……

過去我曾用這道水餃傳達自己的心意給妹妹鈴蘭，目送她啟程前往現世。

有時候，執拗緊繃的心靈可透過溫暖的料理舒展開來。雖然我做的菜並沒有幫助妖怪恢復靈力的效果，所以遠遠不及葵就是了。

「相公，這真的很美味對吧？」

「咦？呃……嗯！」

默默在一旁吃著水餃的葉澄殿下被鷹子夫人一問，用心情複雜的語氣回應。再怎麼說，就連他也終於從緊張與恐懼中解脫，徹底餓扁了吧。

「精疲力盡的身體也充分被療癒，徹底滿足了。現在甚至對未來充滿希望，要用慈愛好好栽培我們的孩子長大。」

「鷹子……實在是……太好了，真的太好了。」

葉澄殿下與鷹子夫人互相凝視，用眼神確認彼此的愛情，共享兩人結晶誕生的喜悅。

隨後鷹子夫人問對方。

「相公，這一次承蒙大家鼎力相助，這些客人是有事相求才大駕光臨的對吧？至少聽聽他們怎麼說好嗎？」

「什麼？」

我大吃一驚，沒想到鷹子夫人竟然願意這樣幫我們說情。

葉澄殿下也再次望向在一旁熟睡的孩子。

「這……可是……」

「身為天狗，絕不可以做出恩將仇報這種事，更不用說那本應是你的初衷。過去你一直努力潔身自愛、奉行正道，並且把天神屋大老闆當成榜樣。你說過期許自己成為一位絕不棄弱者於不顧，受人景仰的八葉──就像那位大人一樣。」

鷹子夫人握住葉澄殿下的手，用充滿鼓勵的口吻訴說著。

「我知道你一直為了今晚的八葉夜行會而煩惱。但我希望你不要屈服於惡勢力，請做出不會令自己後悔的決斷。希望你的選擇能讓我們的孩子引以為傲。」

不愧是八葉之妻，這番說詞充滿了說服力。

葉澄殿下瞪大雙眼，交互看了看自己的妻子以及才剛呱呱墜地的幼子。隨後他仰天凝望，彷彿在捫心自問。

沒多久之後──

「啊啊……是啊，沒錯。妳說得對……鷹子。」

這段夫妻之間的溝通成為決定性關鍵。

葉澄殿下回心轉意，親口允諾願意出席今晚的八葉夜行會，並且站在天神屋這邊。

打動他的關鍵無疑是夫妻間深厚的情感，但阿涼的勇氣與我做的水餃也算功不可沒……吧。

真難以形容現在的心情，有一股如釋重負又平靜安詳的感動。

因為有史郎為我做了這些水餃，過去的我才得以延續性命，成為棲息於現世的妖怪。

而在葵剛來到隱世之初，我為了向鈴蘭表明真正的心意，和她親手包了這些水餃。

如今，這一次換我……

沒想到會在這個局面再一次動手做這道「水餃」，但正因為如此，內心有些欣慰。

只要這能確實成為解救大老闆的一步棋。

「欸，曉。葵和大老闆以後也能擁有那樣的未來嗎？」

「……阿涼？」

阿涼不知何時站在我身旁，喃喃地問著。

她水藍色的雙瞳裡顯然感動與憂愁參半，凝望著天狗夫婦。

她正把葵與大老闆的未來，套在眼前的這對夫妻上。

「這個嘛，不能也要讓他們能。」

大老闆與葵。

他們兩人都對我跟阿涼有恩。

看著葉澄殿下與鷹子夫人，我的內心強烈湧起一股懇切的心願——希望那兩人也能以夫婦關係共度安穩的幸福人生。

即使人妖殊途，只要相思相愛，所有難關都不算什麼。他們理當獲得幸福。

為了這兩人的幸福，我和阿涼肯定願意不顧一切去守護吧。

永遠在天神屋，永遠在離那兩人最近的距離。

「哈哈！我也無法置信自己有一天會如此改觀。葵剛來那時，我還堅決反對她與大老闆的婚事。」

「是呀～像我還差點要了葵的命呢。啊哈哈！」

「呃，阿涼，我想這點就笑不出來了。」

不過的確經歷了許多風風雨雨呢……現在我們卻比誰都更支持那兩人結為連理。

少了大老闆跟葵的天神屋，我根本無法想像。

我跟阿涼這兩隻妖怪，也真是夠讓人傷腦筋了。

第三話

大湖串糕點屋妖都店

「這裡就是……大湖串糕點屋，妖都店。」

時間都已經入夜，妖都的妖怪們仍因為正值新年期間，在店門口大排長龍。

這裡正是大湖串糕點屋的妖都分店。

這和菓子店舖規模龐大，店內空間卻仍被妖怪們擠得水洩不通，人數可觀的洗豆妖們正忙碌地穿梭其中。

在這種盛況下，我們真的能順利見到石榴小姐嗎？

我偷偷摸摸地探察敵情，結果……

「噢，這不是津場木葵嗎？」

身後傳來一派輕鬆的語調。

轉頭一看，眼前是一位女妖怪，有著深紫色的頭髮與眼眸，畫著十分醒目的殿上眉（註1）。

她正是洗豆妖一族所經營的大湖串糕點屋的活招牌，同時也身為八葉之一的高等大妖怪——

註1：將原有的眉毛剃掉或拔掉後，再塗上顏料的一種畫眉方式。

石榴小姐。

「石、石榴小姐……好久不見。」

過於驚訝的我不小心若無其事地向她打招呼。

「呵呵！何必嚇成這樣子。妳正在找我對吧？我也一直引頸期盼著，不知妳何時才會大駕光臨呢。」

雖然參不透她藏在笑容底下的真心，但既然在這裡順利碰面，事情就好辦了。

「那個……石、石榴小姐！請聽我說——」

事不宜遲，我正想對石榴小姐表明來意，然而……

「喂！那不是天神屋的鬼妻嗎？」

「大湖串糕點的石榴也在耶。」

原本在排隊的妖怪們發現我們的身分，紛紛騷動了起來。

有些妖怪脫隊並試圖包圍我們，還有些妖怪因為聽到是天神屋鬼妻便朝我扔小石頭。銀次先生站在我面前，替我擋下這些攻擊。

「銀、銀次先生……」

「別擔心，請您在原地別動，現在絕不能刺激他們。」

該怎麼辦好？現在可不是拖拖拉拉的時候。

「呵呵，一下就被發現了呢。這也沒辦法，畢竟我們都是大名人。」

石榴小姐臉上浮現略微得意的笑容，幫湊上前來的妖怪們簽名什麼的。她到底在幹什麼……

「呃，我有事要商量，所以才過來的！」

「我知道，但可急不得。內心若失去餘裕，是會表現在作品上的。」

她確實一路保持著從容不迫的笑容，內心絲毫沒有一點紊亂。

石榴小姐將手邊的簽名告一段落後——

「好了，差不多該走囉。天神屋的津場木葵小姐，還有小老闆。」

她從懷裡掏出小沙包，將裡頭裝著的紅豆一把灑往地面。

我對此舉感到不解，結果那些紅豆像念珠似地連成一串，為我們擋開妖怪並闢開一條通道。

「這是……結界嗎？」

銀次先生問。

「嗯，沒錯，好久以前跟黃金童子學來的妖術。」

紅豆粒啪滋啪滋地迸裂，噴出淡紅色的煙霧。看來那群妖怪似乎無法跨越這片煙霧接近我們。

我們快步穿過紅豆粒布成的道路，繞往大湖串糕點妖都店的後門。

「咳！咳！」

「葵小姐您還好吧？」

「嗯，我只是吸入了一些紅煙，銀次先生我沒事啦。」

不過這煙霧的味道聞起來就像煮紅豆時的香氣。

平常製作豆沙餡甜點時都會使用到的紅豆，明明是我最喜歡又熟悉的食材，有著我中意的香味。

現在卻讓我覺得是如此遙遠且冰冷的存在，甚至產生難以接受的恐懼感。

恐怕是因為紅豆本身令我聯想到石榴小姐，讓我覺得他們才是同一國的。事實上，她也是最深愛且了解紅豆的妖怪。

但我必須克服這道障礙。

我緊咬住唇，緊緊盯著走在前頭的她的背影。

從後門進入店內，便看見眾多洗豆妖急忙把材料運往廚房，或是把剛做好的和菓子送往店面。

「春節是家人親戚團圓的時刻對吧？怎麼能少了茶點。說到兒孫輩甚至曾孫最愛的茶點，那就是我們家的商品了。所以許多祖父母才會不惜大排長龍也要來搶購茶點。」

「就連過年期間也維持如此大規模的營運……實在欽佩。」

雖然是敵對關係，但銀次先生似乎仍相當佩服這些辛勤工作的洗豆妖。

「呵呵，我們怎可能錯過這段茶點的銷售旺季呢。雖然身為八葉，但我的本業可是個生意人。」

石榴小姐將頭撇向我們，瞇起原本就細長的眼睛咯咯笑著，一副理所當然的樣子。美貌裡帶著神祕魅力的她，其實正是這裡的和菓子師傅。

「茶點之中最熱賣的商品是什麼呢？」

我隨口問道，因為這實在很令我好奇。

「嗯……這個嘛，穩坐排行榜冠軍的果然還是我們家招牌的豆大福吧。不，金鍔燒也賣得不錯，因為這陣子地瓜餡的茶點又重新流行起來了呢。大湖串糕點製作的地瓜餡金鍔燒可是招牌產品喔，風味豐富又帶著鬆軟滑順的口感，也是小孩子的最愛。尤其趁熱吃更是一絕。」

地瓜餡口味的金鍔燒，聽起來就很美味……

「不過這甜點不是紅豆餡，所以缺乏我們家的一貫風格就是了。回到正題，兩位是來找我商量天神屋的事？」

石榴小姐在某扇門前突然停下腳步，問向我們。

「是的。希望妳能伸出援手幫助大老闆。」

我毫不避諱地直接提出要求。

同時也是為了試探出能說動她的關鍵籌碼是什麼。

「哦？意思是為了解救被逮入宮中的大老闆，所以來拉攏擁有一票的我，希望我能站在天神屋這邊？……誰不找偏偏找身為洗豆妖的我？所以你們是兩手空空直闖敵營囉？」

接著她轉過頭，用銳利的眼神瞪著我跟銀次先生。

高等大妖怪散發的強大氣場直撲而來，令我屏息嚥了一下口水。我緊握住拳頭並站穩腳步，以防自己被她的氣勢給壓倒。

「昨天也有天神屋的人跑來我們店裡，不過呢，馬上就被我轟回去了……啊啊，真是受夠了你們的死纏爛打。若是真為天神屋著想，你們還是趁早放棄大老闆才是上策。這個位置該換人坐了，這樣對旅館跟員工都好。」

「怎麼可以……天神屋的大老闆只能是他，所以我才——」

我沒能說完後半句話，因為石榴小姐銳利的冰冷視線直直射向我。

她從上方俯視著低低在下的我。

這正是我和她目前的立場。

「那我問妳，津場木葵小姐，妳要怎麼做？」

「……我，要打敗妳。」

「怎麼打敗？」

「用甜點來一決高下。」

我仰頭瞪著高於我的石榴小姐並向她宣戰，這次絕對要一雪那時的屈辱。

「請跟我一決勝負……我是來威脅妳的。」

這句回應是基於先前石榴小姐對我說過的一番話。

上次在宮中的竹千代大人房內，她吃了我做的甜點後這麼告訴我。

『假設……葵小姐，如果說妳的料理能讓我感受到任何具有威脅的可能性存在，我也許會選擇對天神屋伸出援手。』

若無法讓石榴小姐真心認同我，她肯定不會以八葉的身分有所動作。

她就不會願意幫助天神屋。

但她已先提出了條件——只要成功得到認可，就能得到她的援助。

畢竟她可是在天神屋創立之初和大老闆一同打拚的妖怪。

她心裡肯定也是想幫助大老闆的。

否則根本不會給我那些提示。

「我實在不認為石榴小姐妳會對大老闆見死不救，因為我都看見了——無論是跟大老闆同窗時期的相處，還是在天神屋經營茶館的妳。」

「……妳說什麼？」

石榴小姐的眼神微微一變，而我抓準了這一瞬間。

「妳和大老闆都是與初生的天神屋一起成長的妖怪。初生之犢不畏虎的你們抱持著最純粹的信念，讓每位客人賓至如歸。你們應該是一路上互相扶持的益友，一定曾有過深厚的情誼。」

「……」

我想這大概是我與大老闆之間不存在的一種羈絆。正因為如此，我才想揭開石榴小姐的真心，借助她的力量。

石榴小姐一時失語，卻又故作鎮定般地用袖口掩嘴呵呵笑。

「是呀。不過，在天神屋工作的那段歲月，最終成了徒然。」

「……咦？」

「那時的我和『陣八』都還太年輕，就跟天神屋這間旅館一樣。」

如此斷言的她，語氣中幾乎不帶一絲情感。

「因為身為洗豆妖的宿命束縛，以及日復一日毫無成就感的相同工作，我才答應了陣八的邀請，在天神屋的中庭持續創作著屬於自己的甜點，然後用心款待每一位前來的客人。但……我錯了。」

「為何這麼說？」

「離開天神屋這個決定，沒有讓我留下一絲後悔，所以……看著妳，我就無法靜下心來。就好像看著以前的自己，不禁感到焦躁。」

石榴小姐散發出的冰冷靈力掠過我的喉頭，甚至有股恐懼感油然而生。然而——

「我和妳不一樣！」

我的否定語氣遠比自己所想像的還更加堅定。

也許因為如此才讓石榴小姐瞪圓了雙眼，似乎感到些許驚訝。

「嗯，這樣啊。那我就不留情了，讓妳徹底嘗嘗挫敗的滋味，津場木葵小姐。」

她再次勾起嘴角，露出令人害怕的笑容。

那眼神與微笑充滿妖氣，簡直令我背脊發涼。我差點又被她的氣勢給懾服，然而銀次先生伸手按上我的肩，用堅定的眼神告訴我。

——您一定辦得到的。

嗯，是呀，銀次先生。

都一路來到這裡了，也只能放手一搏。

在銀次先生的打氣下，我直指著石榴小姐的鼻子，斬釘截鐵地說：

「我也絕不能棄大老闆於不顧。大湖串糕點屋的八葉——石榴小姐，我在此向妳提出對決，一較高下！」

「哼，氣焰很高嘛。」

石榴小姐身上強烈散發出屬於妖怪的冰冷且敏銳的靈力，與我沒被放在眼裡的鬥志正面衝突。

誰也不讓誰的雙姝對決，此刻正式展開。

「那麼，這次就當成上次未能分出勝負的延長賽，對決項目定為紅豆沙口味的甜點如何？」

她說的「上次」是指在宮中準備點心給竹千代大人之事。

當時我做的是夾了紅豆奶油餡的馬卡龍，被石榴小姐評論「這種東西在隱世沒多久就會退流行，被世人所遺忘」未能獲得她的認可。

但是——

「好呀，正合我意。」

我正好也希望用紅豆餡點心一決高下。

石榴小姐此時終於打開了身後的那道門。

一陣強烈光芒令我差點閉上眼，眼前浮現的是一片占地廣大的調理區，好幾位年輕洗豆妖正在旁邊列隊待命，保持沉默。

「請問場地就選在這裡嗎？」

「是呀。該有的材料這裡應有盡有，還有學徒們在一旁隨時待命，有需要的話吩咐他們就行了。有什麼不滿意的地方嗎？天神屋小老闆。」

「呃，沒有。不過評審的部分您打算如何安排？若是請在場這些洗豆妖員工評分，可算不上一場公平的比賽，得要有個裁判能對兩位做出公正評分才行……」

銀次先生說得有道理，石榴小姐發出低喃聲仰頭沉思。

就在此時，不知從何而來的金色鱗粉飄舞而下，在空中閃閃發光。

「這份工作就交給我們吧，天神屋小老闆銀次。」

從鱗粉聚集處現身而出的是座敷童子——黃金童子大人。

她還真是神出鬼沒……

黃金童子大人還帶著好幾位貌似同為座敷童子的小朋友同行。

這些全是她的眷屬，沒想到數量有這麼多。其中也包含在文門之地曾幫助過我的阿蝶。

「黃金童子大人，我就知道您會大駕光臨。」

石榴小姐似乎早已預測到她的到來，沒有半點驚訝。

「我們只是想嘗嘗用紅豆做的甜點罷了。」

她的要求非常簡單。

其他座敷童子也紛紛輕聲嘀咕著「想吃紅豆」。

這才想起來，黃金童子大人第一次來訪夕顏時也說過同樣的話吧。曾聽說座敷童子這種妖怪最喜歡吃的就是紅豆餡了。

石榴小姐向我和銀次先生重新提議，讓黃金童子大人擔任這場對決的裁判。

「黃金童子大人是大湖串糕點的老客戶，一直以來對我厚愛有加。但她同時也是陣八……你們大老闆的養育之親。撇除這些，最重要的是，以黃金童子大人為首，座敷童子這群妖怪本來就特別偏愛紅豆類甜點，能給出最公道的意見。我可向紅豆餡發誓，絕無半點虛假。」

向紅豆餡發誓是……

「要評比我和葵小姐的作品，我認為她們是再公正不過的人選了，妳覺得如何？」

「嗯……如果請黃金童子大人當評審，我完全沒有異議。」

她在隱世是地位數一數二的高等大妖怪，絕對不會做出錯誤的判斷。

即使這場對決關乎大老闆與天神屋的未來。

然而，她那對紫水晶般的雙眼卻直直凝視著我，彷彿在訴說著什麼。

這令我頓悟了，至今為止好幾次的考驗都是她給的試煉，而這一次將是最終審查——評斷我是否夠格成為八葉之妻，成為天神屋大老闆的新娘。

「那我們就待在休息室內觀看兩位的對決吧。我可是餓著肚子等妳們，別端出讓我失望的東西。」

於是黃金童子大人與座敷童子一行人再次在閃亮金粉的包圍下消失蹤影。

「好了，現在條件都齊全了。」

石榴小姐彈響手指，學徒們便開始把十幾個裝了紅豆餡的大盆子送進廚房內。

各種帶有顆粒感或質地滑順的紅豆沙一字排開，調理過程、甜度、硬度與豆子品種各有不同，讓室內頓時充滿甜豆沙的氣味。

從剛才就躲在我和服腰帶裡打盹的小不點，在紅豆香的誘惑下醒來，爬上我的肩頭。

「紅豆沙先生看起來好好吃～」

他邊吸吮著手指邊說。這些紅豆沙看起來的確美味得令妖怪也垂涎。

「紅豆餡的部分就請使用這些我們準備的現成材料囉。畢竟這場比賽的勝負關鍵在於誰製作出的甜點最能將紅豆沙的美味發揮得淋漓盡致，況且距離夜行會也沒剩多少時間了。」

「嗯……我明白了。」

本來想從豆沙餡親手做起，但也沒辦法。此舉甚至可說表現了石榴小姐的從容應戰吧，畢竟讓我能直接使用大湖串糕點精心製作的豆沙餡。

但紅豆沙也分成很多種，必須依照作品來正確選擇適合的種類。

「比賽規則加一條允許助手幫忙吧，這樣比較有效率。」

「那我要選銀次先生。」

我斜望向銀次先生與他對視。他也似乎早有心理準備，表情中充滿幹勁。

小不點則怨嘆著：「怎麼不是我～？」為了替黃金童子她們消磨時間，就派他去表演最拿手的翻跟斗吧……

「決定好了嗎？對手是夕顏二人組是吧。那我選我的得意門生——水麥冬，妳過來。」

「是！石榴師傅。」

在眾洗豆妖中看起來特別活力充沛的一位年輕女孩子，精神抖擻地應聲之後上前來到石榴小姐身旁。臉上不意外地也畫著兩道殿上眉。

「首先把需要的材料寫在紙上，讓跑腿的負責去採買吧。這裡可是妖都，沒有弄不到手的東西。妳如果要做最擅長的現世甜點，也可以指定特別的食材。」

「明白了。」

我平淡地回應，並在紙上寫下最低限度的材料。

我想石榴小姐應該是想讓我做出耳目一新的現世風格作品，才任我自由指定任何材料吧。

「創新」可能是致勝關鍵，也可能成為失足的敗因。她是想考驗我在這場比賽中會選擇正面對決還是打安全牌嗎？

不，現在還是別想這些複雜的問題了。

到頭來最重要的問題還是「我要為黃金童子製作什麼樣的作品」。

「葵小姐，您這究竟是打算做什麼甜點呢？」

銀次先生湊近看著我寫下的材料表，提出了疑問。

「……嗯，是銅鑼燒喔。」

「您說，銅鑼燒嗎？」

銀次先生似乎略顯不安。

因為銅鑼燒在隱世這裡是再平凡不過的點心。

當然，大湖串糕點也有這項商品，而且還是黃金童子大人的心頭好。我不覺得自己做的銅鑼燒能跟人家比。

我接著繼續在紙上補充了一般銅鑼燒會需要用到的材料。

「沒錯。銀次先生，別露出一臉擔心的表情。我這個決定可不是自暴自棄。」

「呃，不是的……我怎麼會擔心呢？我相信葵小姐！」

「呵呵！」

我一派輕鬆地笑了，連自己都覺得不可思議。我泰然自若地走向位於中央的平台，去挑選紅豆沙。我精準地揀選出最適合製作心目中理想作品的一款，拿回自己的料理檯上。

我和身旁的銀次先生一起綁好束袖帶，洗淨雙手後進行料理的準備工作，就如同往常在夕顏一樣。同時我說道：

「銅鑼燒在隱世或許算是長久以來受到喜愛的傳統甜點，並不如現世風格的點心能令人耳目一新。但這也正是我選擇它的理由，因為這可是黃金童子大人的最愛啊。」

銅鑼燒。

添加了味醂與蜂蜜的麵皮有著長崎蛋糕般的口感，裡頭夾著紅豆沙，是非常經典的日式點心。銅鑼燒在隱世受到愛戴，確立了屹立不搖的人氣，在現世也仍繼續求新求變，創新的口味每每引爆流行熱潮。

舉例來說，之前我在南方大地帶去給磯姫的伴手禮，就是用鬆餅粉做麵皮，內餡夾水果的簡易版本。

「材料買回來了！」

洗豆妖們馬上就準備好食材，並且搬了進來。

我偷瞄了一下，確認石榴小姐那邊料理檯上的材料，不過目前沒能參透她要做的甜點是什麼，只知道她準備了許多栗子。

「那麼現在開始進行料理！時間限制為兩小時。」

兩小時……

看來她似乎沒打算讓我製作太費時的東西。

「葵小姐。您說要做銅鑼燒，是打算做什麼樣的呢？」

「這個嘛，生銅鑼燒。」

「生的……嗎？」

從銀次先生對「生」的反應看來，可以猜到他應該是想像成麵皮半生不熟的詭異東西了。

「不是不是，所謂的『生』是指使用鮮奶油啦。」

「鮮奶油？」

「嗯。利用北方大地產的鮮奶油打成綿密狀，加入帶顆粒狀的紅豆餡做成紅豆鮮奶油餡。」

「啊啊，原來如此。這聽起來很美味耶。」

「所謂的生銅鑼燒啊，在現世日本是昭和時代誕生的點心，問世後便長久受到愛戴。這款東西合併的甜點雖然地位不如一般銅鑼燒屹立不搖，但人氣仍歷久不衰。」

「畢竟鮮奶油跟紅豆沙是令人驚豔的天生一對啊。」

「嗯嗯，就是呀……以前在夕顏和銀次先生構思新款紅豆沙甜點時，也曾聊過這件事呢。」

而那次正是黃金童子大人初訪夕顏之時。

如今能明白，她是為了來看看被稱為大老闆未婚妻的我吧。

當時她看了看夕顏，感傷地嘀咕了一句「這裡變得真老舊」。或許是因為她知道石榴小姐在那裡經營茶館的那一段過去吧。

「我那次做的紅豆牛奶寒天凍被黃金童子大人稱讚很好吃，這次的作品要讓她更驚豔。」

石榴小姐一定會選擇走經典路線，端出水準穩定又保險的經典和菓子吧。

要能與她抗衡，到頭來我還是只能選擇用我的風格，做出充滿驚奇感的作品。

但創意是需要拿捏分寸的。石榴小姐曾評論過我做的紅豆奶油餡馬卡龍，無法成為長久流傳隱世的經典。

換做在現世，馬卡龍也是一款很挑年齡層與個人口味的甜點，因此她的批評也許有道理。但我認為一定有些完美融合傳統美好與嶄新創意的例子，確實受到世人認可並成為新經典。

生銅鑼燒正是其中之一。在現世超商也能常常見到它的身影，現在還開了許多人氣不凡的專賣店，甚至有些店鋪每天大排長龍，開門後不用多久就銷售一空。

話雖如此，目前還無法確定這道甜點在隱世是否能被大眾所接受。

不過，我心中是有這樣一股預感……

「好！這次要製作的銅鑼燒皮，是口感鬆軟又充滿飽足感的麵皮喔！」

首先準備低筋與高筋麵粉，過篩後備用。

這裡備有以妖力驅動的打蛋器，於是我便拿來打發蛋液，接著加入麥芽糖與蜂蜜繼續打。完成後與麵粉均勻混合，再加入兌水的小蘇打粉、味醂與醬油後，在室溫下靜置片刻。

利用這段空檔，我要來製作生銅鑼燒不可或缺的紅豆鮮奶油餡。

將鮮奶油隔著裝有冰塊水的調理盆以保持低溫，加入甜度減量的砂糖與檸檬原汁，打至硬性發泡，與我剛才挑選的顆粒狀紅豆沙混勻，便完成紅豆沙鮮奶油餡。完成後馬上放入冰箱內冷藏備用。

我在銀次先生幫忙預熱好的鐵板上抹了油，隨即倒入剛才已靜置鬆弛完畢的麵糊，蓋上蓋子後用悶蒸的方式煎熟。

我頻繁確認火侯大小，並在發現麵糊表面冒出氣泡後小心翼翼地翻面，把膨脹得鬆鬆軟軟的成品起鍋後，拿沾濕的布蓋好，以免麵皮水分蒸發。我先來試試味道。

「嗯，鬆～鬆軟軟。」

麵皮成品完全如我所預期。加了小蘇打粉進去，讓賣相和滋味都完美還原銅鑼燒該有的樣子。

接著我聚精會神與銀次先生一同專注在煎銅鑼燒皮的作業上，告一段落之後，我偷偷瞥了一下石榴小姐那邊的料理檯。

「看來石榴小姐好像在做栗子羊羹……」

容器裡似乎鋪了滿滿的栗子，再倒入特製紅豆沙。

不愧是這一行的專家，每個步驟明明如此講究且細心，卻不拖泥帶水。

但我可不能自亂陣腳。我要專心做出我的作品。

……來吧，一分高下的時刻來了，石榴小姐。

我將剛煎好的餅皮夾上冷藏保存的紅豆鮮奶油餡，完成了飽滿的生銅鑼燒。

「妳好像大功告成了嘛。」

「妳也是呀，石榴小姐。」

我們在規定時間內完成了引以為傲的作品，一邊監視著對方動靜，一邊呼叫擔任評審的黃金童子大人。

「黃金童子大人，請享用！」

接著，一群金色的蝴蝶將我們包圍。眼前突然為之一暗，隨後才發現自己不知何時已被帶來黃金童子所有的神祕洋館內。

「這裡……究竟是……」

石榴小姐似乎因這突如其來的場景轉換而顯得相當驚訝，或許這是她第一次被帶來這裡。

我曾經幾度誤入、又或是被黃金童子大人引導來這裡。這裡是她的居所，也是掌管記憶的空間。

西式風格的窄長餐桌上鋪著蕾絲桌巾，桌邊坐著一群身穿華麗和服的座敷童子，沉默不語地凝視著我跟石榴小姐。

坐在主位的黃金童子大人似乎直到剛才都在玩弄小不點當消遣。

「好了，快點進行試吃吧。石榴，首先從妳開始。」

她以迫不及待般的口吻下令上菜。

石榴小姐與她的徒弟把切得精美的蒸栗子羊羹端給所有座敷童子。

羊羹以造型簡約的扁平陶盤盛裝，更襯托出切面露出的金黃栗子色。

「請享用這道蒸栗子羊羹，這是我的自信之作。」

石榴小姐臉上露出從容的微笑，推薦著自己精心製作的點心。

這羊羹大量使用了座敷童子最愛的滑順紅豆沙，是日式甜點中的經典。

所有人都藏不住期待的神情，拿起烏樟木製的短籤把羊羹切塊後送入口中。

「我使用了最適合製作羊羹的紅豆沙，加上頂級葛粉精心提煉出滑順的口感。栗子則刻意不使用現成的甜煮栗子，嚴選大顆的新鮮生栗子來製作，請盡情品嘗最自然的甘甜。」

「嗯哼……這羊羹口感絕佳，加上鬆軟的栗子散發出的自然香甜，成就了相當高雅的一道作品。」

我聽著石榴小姐與黃金童子大人的這番對話——

「唔，光聽就覺得好吃得不得了。」

「葵小姐，不能被對手打亂了陣腳啊！」

我無視在一旁緊張的銀次先生，不禁開始想像起石榴小姐做的蒸栗子羊羹滋味如何。不過我想真正嘗起來的美味應該遠超乎我想像吧。

座敷童子們吃了一口之後，也馬上用手捧著臉頰，彷彿陶醉在美味中。

接著，她們紛紛舉起了畫著雙圓圈符號的牌子。

咦咦咦！評分是這樣進行的嗎？

而且大家給出雙圓圈，還有比這更高的分數嗎？

「我只能說妳果然有兩把刷子，石榴。妳的蒸栗子羊羹還是一如往常地出色。捨棄現成的甜煮栗子，大量使用最天然的食材，再填入質地滑順且帶著高雅甜味的紅豆沙凝固成形，是一道極品。這道甜點讓我心甘情願繼續當老主顧。」

隨後黃金童子大人也板著淡定的表情舉起畫有雙圓圈的牌子，對石榴小姐讚賞有加。

勝券在握的石榴小姐在試吃結束後為大家端上濃綠茶。

「啊啊，和菓子果然還是最適合配濃濃的綠茶。這股苦澀能為甜點的甜畫下完美句點，讓嘴裡只留下清香。石榴妳果然貼心。」

「不敢當，黃金童子大人。」

面對一片倒的讚賞，她也幾乎毫無動搖。

這也代表——對石榴小姐來說，這些反應全在她的預料之中。她就是能做出如此高水準的甜點。

「那麼接下來就換妳了，津場木葵。」

在黃金童子的呼喚下，所有座敷童子動作一致地望向我，眼神中似乎沒有太多期待。我做了一次深呼吸。

落為後攻，要讓評審品嘗到不一樣的美味，這部分是有點不利。因為她們的舌頭剛才已經充分享受了最棒的紅豆沙。

但是換做我的狀況……這樣的順序或許反而有利。

我與銀次先生把各裝了一個銅鑼燒的扁盤端往黃金童子大人與其他座敷童子面前，接著也把刀叉分發給大家。

以一般的兩片夾心狀銅鑼燒來說，我做的作品厚度特別高，看起來簡直不像銅鑼燒。

畢竟我在餅皮中間夾入滿滿的紅豆鮮奶油餡。與其說是銅鑼燒，乍看可能更像是夾了鮮奶油的鬆餅。

座敷童子們開始騷動，紛紛交頭接耳。

黃金童子大人的眼神也一陣動搖，似乎感到很詫異。

「這東西是什麼？」

「黃金童子大人，這是生銅鑼燒。」

「生銅鑼燒？」

「因為我想說銅鑼燒好像是您最喜歡的食物，所以選了這個。」

「……」

黃金童子大人面對我的發言幾乎不為所動，石榴小姐卻反而輕輕驚呼了一聲「咦」，一臉訝異。

「呵！銅鑼燒確實是我的最愛，但身為妖怪不會隨便自曝喜好，所以我可沒跟任何人提起過。不對，除了他以外。算了，不重要。」

除了「他」以外——指的就是大老闆了……所以石榴小姐才會一臉驚訝嗎？因為就連她都不知道這件事。

那是在我走訪大老闆的記憶裡窺見的畫面。

黃金童子大人救出被囚禁於地底岩洞的大老闆時，給了他一個銅鑼燒，說這是自己最愛吃的東西。

因此大老闆後來也習慣隨身攜帶銅鑼燒。

為了在看見別人挨餓時，能隨時伸出援手——

「不過，葵。雖然說我愛吃銅鑼燒，但這怎麼看也不像。妳應該不是拿我最愛的食物來愚弄人吧？」

「這確實不是您喜歡的那種純紅豆沙銅鑼燒。裡面夾的內餡換成紅豆沙加鮮奶油，您嘗嘗看就明白了。這是我構思出的創意銅鑼燒，完整保留了原有的優點。」

「哦？紅豆沙搭配鮮奶油內餡……創意銅鑼燒……」

黃金童子大人的雙眼緊緊聚焦在我的作品上，仔細觀察著。接著又凝望向我。

「原來如此。如果說石榴貫徹了絕對王道，妳則是選擇銅鑼燒這經典中的經典，在口味與外觀上加入新的想法來一決高下是吧。」

「沒錯，正是如此。請務必嘗嘗看。比照一般享用銅鑼燒的方式，用手拿著吃也行，但這款內餡含有豐富的鮮奶油，我想按照吃鬆餅的方式用刀叉應該比較方便。」

黃金童子大人一臉若無其事地拿起刀叉。

其他座敷童子則各自用自己的方式。有人用手拿著吃，還有單用叉子的。

「鮮奶油是吧。以前吃草莓蛋糕時曾經嘗過呢。雖然是滿喜歡的，但我愛的是純紅豆沙本身，沒試過這種組合……我就來嘗嘗味道如何。」

黃金童子大人看著用刀子劃開的切面，仔細盯著染上淡淡紅豆色的奶油餡。

那抹顏色與她的雙眼有那麼一點點神似，接著，她閉上雙眼嘗了一口。

「……」

一陣漫長的沉默經過。我的心情就像希望奇蹟降臨，同時卻又充滿期待。

因為我完全無法想像她會做出什麼樣的反應。

石榴小姐則斜眼看著這樣的我。

黃金童子大人緩緩張開雙眼，然後——

「……真是驚人，好美味。」

她只低聲喃喃了這一句。

隨即其他座敷童子也紛紛嘀咕著「這是什麼」、「真驚奇」、「嚇我一跳」云云。

是呀……不驚訝才怪。

得知這是銅鑼燒時，先想像到的會是原本的經典滋味。正因為如此，當第一次嘗到內餡換成紅豆鮮奶油的這款銅鑼燒，她們會體驗到驚奇的美味。
從一開始的質疑翻轉為超乎預期的美味。
雖然也有不合口味或是被打槍的風險，但正中紅心的衝擊力也格外強烈。
「對了，上次在夕顏吃到妳做的紅豆牛奶寒天時，也有相同的感受呢——從沒嘗過的味道令人驚奇，卻又愛不釋手。」
黃金童子大人語帶懷念似地，望著吃了一口的銅鑼燒。
然後一口又一口地品嘗起來。
「比起純紅豆沙的版本，這吃起來意外地輕盈不膩口。明明是鮮奶油，為何能做出這樣的口感？」
「因為鮮奶油裡我幾乎沒放多少糖，單純靠紅豆沙的風味與甘甜來營造清爽感。」
「……原來如此。麵皮也很鬆軟，口感輕盈，卻又不會覺得很空虛。」
黃金童子大人隨後默默地繼續享用。
其他座敷童子也一樣，吃完之後陸續舉起雙圓圈的牌子。
然而這下子陷入平手，最後變成由黃金童子大人的一票來決定比賽結果。
石榴小姐看見戰況至此，似乎有點著急，向前一步提出意見。
「黃金童子大人，請恕我直言。我想這種點心在隱世的接受度應該不廣，沒多久就會過氣了吧？」

「……石榴，我對妳的和菓子有很高的評價，但這一次放下妳那些『傳統經典』、『大眾取向』的思考吧。這場比賽的勝負取決於我們覺得美味與否。」

黃金童子大人冷冷地訓誡石榴小姐，那雙紫色的瞳眸中閃著亮光。

石榴小姐回了一句「是我多言了」便退下，然而她臉上的表情似乎仍不服氣。

「能否也讓我占用一點時間呢？」

沒想到銀次先生在這個時間點舉手開口。

我也直盯著身旁的他有什麼動作。

「你也有話想說嗎？天神屋小老闆。」

「是的。關於石榴小姐剛才表示這款甜點在隱世的接受度很低，我倒有不同的見解。」

銀次先生的措詞雖然優雅，卻似乎又帶著挑釁意味。結果石榴小姐瞪了過來，臉上表情彷彿寫著「我倒要聽聽你怎麼說」。

銀次先生繼續說：

「就目前來說，鮮奶油本身尚未普及整個隱世，這類的甜點接受度的確可能比較低。但我認為這只是時間問題。」

「……什麼？」

「北方大地透過經營夕顏的葵小姐與天神屋、折尾屋的幫助，設計了許多大動作推動乳製品銷售的企畫，預計近期內在各地展開宣傳。舉凡鮮奶油、起司、優格……這些製作西點必備的乳製品，至今為止在市面上的可見度不高，但未來將會迎接能夠輕易入手的時代。」

「？」

「我已迫不及待將這道甜點列入夕顏未來要推出的糕點類品項中，搶占新時代的先機。因為這款生銅鑼燒發源自大家最熟悉的和菓子，在現世日本也是行之有年的東西合併經典，從昭和時代問世後即受到愛戴。加上隱世總是追隨現世的流行趨勢，從這一點來看，這款甜點有十二萬分的可能性成為長銷商品。」

的確，如果是馬卡龍那種發祥自西方的甜點，對隱世而言是完全未知的新東西，或許正如石榴小姐先前所說的一樣，要推廣給大眾有一定難度。因為在這裡普及化的條件還不足夠。

但生銅鑼燒可就不同了。

它的前身也就是銅鑼燒，已經擁有穩固的地位，再加上北方大地所生產的乳製品有推廣的潛力——

湊齊這些必要條件的人，正是我們。

「在我看來，即使葵小姐沒創作生銅鑼燒，在鮮奶油普及於隱世後，這道甜點遲早也會出現的。這不是遙不可及的癡人說夢，而是近在眼前的未來。」

近在眼前的未來……

銀次先生。你幫我把心中的那股「預感」用最具體的言語表現了出來。

他充滿自信的說明深具說服力，不愧是一手包辦天神屋大小企畫的招財狐。

同時也是一路上從旁看著我跟夕顏，最了解我、最可靠的小老闆。

「原來如此。雖然你的業務話術不會影響我的評分，不過這番見解著實有趣呢，天神屋的小老闆。」

「黃金童子大人，感謝您的讚美。」

銀次先生的這番說明，讓石榴小姐露出打從心底驚訝般的表情。

若對於北方大地的局勢毫無了解，會如此驚訝也不意外。

但若不想滿足於原地踏步，將眼光放在未來，那麼掌握隱世今後的趨勢、潮流走向——這些資訊將會是關鍵。

黃金童子大人吃完生銅鑼燒，輕吐了一口氣，似乎心滿意足。

「呵呵，吃完之後甚至會覺得意猶未盡。明明不是平常熟悉的口味，但這確實能讓我感受到新時代來臨的預兆。不光只是美味而已，還能從中得到感動……這是初次品嘗的新東西才能賦予的體驗呢。」

其他座敷童子也沉醉於意猶未盡中，露出戀愛少女般的表情。

我看見她們的表情後鬆了一口氣，同時心想這種緊張刺激感正是「新挑戰」令我欲罷不能的理由。我握緊放在胸前的手。

「或許有些流行僅止於一時，像曇花一現，但其中仍有一小部分能確實流傳百世。在傳承經典的同時，我還是想放眼未來。至少在我短暫的有生之年內，希望能讓所有品嘗我料理的人，每一次都得到新的驚喜。」

我清楚表明自己的想法。

人類並不像妖怪一樣長命百歲。

我想正是因為如此，我才能放手一搏，勇敢選擇這條路。

我不求恆久流傳。只要我的作品能讓眼前的客人感到驚豔，成為在每個當下最貼近他們內心的一種救贖。

只要能獲得他們的一句「好好吃」，就足以讓我的料理與甜點具有存在意義。

「而且……」我舉起食指說。

「我想說黃金童子大人似乎意外對西洋風格有好感。因為看您住在這樣的洋館裡，又撐著西式陽傘，身上的和服也有西洋風的荷葉邊裝飾。」

「……呵呵，是沒錯。我的確不討厭西式風格。」

明明在講自己的事，黃金童子大人卻莫名笑得很開心似的。

極端點來說，若對方是純日式的座敷童子，我想或許無法接受。但她的外貌原本就帶有西式要素。

「原來啊，原來。妳對我觀察得真入微呢，葵。這是經營一對一服務的小食堂，與客人談心所培養的優勢是吧。」

黃金童子大人原本輕聲咯咯笑，隨後轉為大笑。

這是我第一次，想必也是石榴第一次，看見她笑得如此開懷。

「石榴，妳和往常一樣貫徹了相同的工作態度，同時注重傳統與歷史，這是很值得敬佩的。但這一次妳面對的並非大眾，不用追求名留青史或是傳承不朽，妳該向我表現的是『妳自己的想法』。」

聽聞黃金童子這番話，石榴小姐目瞪口呆地僵立在原地，緩緩垂下視線。

「……也就是說，我輸了嗎？」

「是啊。這一次我判葵獲勝。」

黃金童子大人宣布的結果讓我與銀次先生看著對方，握起彼此的手。

而反觀石榴小姐，仍是一臉難以接受的苦澀表情。

「請問我輸在哪裡？黃金童子大人您確實也很中意我做的蒸栗子羊羹才是。我明明選了您最讚賞的這道甜點……」

原本勝券在握、毫無動搖的她，現在卻一臉被逼急的表情。

「是沒錯。以前我曾經對妳的蒸栗子羊羹讚譽有加，因為確實美味。但這次我並未得到超越初次品嘗那時的感動，到頭來還是一成不變……那就無法超越期待。」

「一成……不變。」

石榴小姐瞪大了細長的雙眼。

一成不變——這也是她面對這場對決時，自身所抱持的一種態度。

黃金童子淡淡地繼續說下去。

「葵仔細觀察我的喜好，並且在其中添加創意。她不害怕被排斥或否定，即使到最後一刻，她也不確定我會如何評價吧……不過，她心裡確實存在著一股熱情，對眼前的人勇敢表達自身想法，並且有顛覆『未來』的野心——如此罷了。」

「顛覆……未來……」

這句話似乎重重落在石榴小姐的心底。

「這確實有道理……『一成不變』是無法改變未來的……是吧。」

她像顆洩了氣的皮球，僵硬的表情也微微放鬆下來。

接著緩緩走向我。

她伸手拿起剩餘的生銅鑼燒，狠狠地盯著看了看，然後大口咬下。

肯定不太合石榴小姐的口味吧。畢竟以和菓子來說，這是邪門歪道。

這或許不如她的作品，能在隱世受到長久的喜愛。

但她嘴邊突然揚起了笑。

「津場木葵，我敗給妳了。這口味確實很新奇，但並非只有新鮮感，還能讓人感受到可期待的『未來』。把『過去』曾受過好評的東西端出來的我，根本沒有勝算。」

「石榴小姐……」

「以前的我，一直以來的願望就是挑戰做出這樣的紅豆沙點心——能讓享用的人感受到初次感動的甜點……也就是富含驚喜的作品。」

石榴小姐抬起臉遙望遠方，彷彿再次回想起塵封在往昔的心情。

「過去我的作品曾一度受到嚴重的批評，說我做的甜點不可能比得上歷久不衰的傳統經典。從那之後，我便放棄追求創新，像這間大湖串糕點屋裡的所有洗豆妖一樣，一心鑽研最主流的口味。我的眼光不再放在眼前的每一位不同客人，而是選擇迎合大眾。」

「但這絕對不算是錯誤的決定。」

「是呀，沒錯。但唯獨這一次，是我錯了。」

石榴小姐的眼神落在我身上，皺眉露出微笑。

「我差點遺忘了該如何製作出最貼近眼前客人內心的甜點，也忘了越是美味的東西，初次入口的這一瞬間越是多麼珍貴的體驗。」

創作新的美味，得到對方驚喜反應與稱讚的瞬間是什麼感覺，她肯定也能明白。

那個對方或許是天神屋的第一代員工，或是大老闆吧……

「雖然很不甘心，但這一次是我輸了。」

石榴小姐乾脆地服輸，臉上揚起的微笑反而像是如釋重負，她頻頻點頭。

映照在她雙眼裡的是斷念與覺悟，與再次復燃的挑戰心。

「依照約定，我們大湖串糕點屋會支持天神屋。其他洗豆妖們或許會有什麼意見，但誰管他們。只要我保密到八葉夜行會舉行前，一切就沒問題了。」

然後她舉起食指抵在唇上，淘氣地單閉起一隻眼。

那張神清氣爽的表情，彷彿已經看開了一切。

「這……真的沒關係嗎？關於您今後的立場。」

「這有什麼好擔心的，天神屋小老闆。」

石榴小姐發出銀鈴般的笑聲，對銀次先生暢所欲言。

「老實說，我早就坐膩了八葉的位置。就因為我是大湖糕點屋的活招牌，才被推上來罷了。這綁手綁腳的頭銜我恨不得馬上丟掉。」

「呃，喔……」

「也真佩服陣八能夠背著這沉重的頭銜幹了這麼久。」

這是自暴自棄的奚落，還是一直以來真正的心聲呢？

石榴小姐的態度與剛才為止的她有些許不同，讓銀次先生也覺得困惑。

「那個……石榴小姐。」

「什麼？」

「請問妳對大老闆有什麼看法？」

這唐突的發問讓石榴小姐一瞬間露出呆愣的表情，黃金童子大人與銀次先生也盯著她瞧。她雙頰微微顫抖，露出了滿面的笑容。

「這、這個嘛。啊啊……嗯，以前我是懷疑過自己可能曾對那個鬼男動過心吧。可能。」

「果然沒錯。」

此時我心中湧現出不知名的糾結與嫉妒。

石榴小姐看我這樣，又笑出了聲。

「不過那已是年少往事了。最後我還是選擇了身為洗豆妖該有的立場，以及身為甜點師傅該走的路。我才沒有葵小姐妳那樣的勇氣，跟那個鬼男坦誠相對。我是個軟弱的傢伙。」

她緩緩收起臉上的笑容，最後如此低聲喃喃說道。

「這樣的我，不可能走進那個鬼男的心中吧？大老闆他對我從未懷抱過任何一絲情愫啦，但應該有把我當成一位知心好友吧。」

「石榴小姐……」

「不過，在這種時候對過去喜歡的男人見死不救，實在不算個好女人。既然妳有能力讓我敗得體無完膚，我也認為妳值得讓我賭一把。」

石榴小姐說完，向我伸出手。

「謝謝妳，葵小姐，很榮幸能與妳一較高下。等妳與大老闆一起歸來，請務必讓我拜訪妳經營的那間夕顏小食堂。我也會守護你們的天神屋，讓你們有家可回。」

「嗯……當然好……到時我會給妳特別招待的！」

我們凝視著彼此，稱讚彼此打了一場漂亮的仗。

能獲得她的認可，著實令我欣喜。

想必大老闆一定也會很開心吧，如果未來真有一天，石榴小姐能再一次重訪舊地的話。

接著石榴小姐再次板起嚴肅的表情對我宣告——

一項非常重要的情報。

「葵小姐，我希望妳務必趕在八葉夜行會結束前，把天神屋大老闆救出來。他現在被囚禁於宮中地底的『迷宮牢獄』裡。」

「迷宮……牢獄？」

「那是座迷失的迷宮，任何高等大妖怪都無法突破。就連黃金童子大人也無法接近大老闆。」

剛才在旁邊默默聽著對話的黃金童子大人，此時也走來我身邊，認同似地點點頭。

「那該怎麼做……我該怎麼做才好？黃金童子大人。」

她嚴厲地命令無助的我。

「別慌了心神，葵。我就賜給獲勝的妳最後一句忠告吧。」

黃金童子大人被閃著光芒的金色鱗粉所包圍，身影就快消失其中，但她仍伸出手輕撫我的臉頰說：

「唯有一種人有辦法突破迷宮牢獄，那就是擁有妖王家血統的妖怪……而且同時還要持有『瞳』的力量。同心雙圓的瞳之能力，能在迷宮牢獄中開道……」

接著，原本還在場的她當著我們面前消失無蹤，彷彿剛才全是幻影。

而我們也瞬間回到最初製作點心的廚房裡，而非剛才的洋館。
「妖王家的……瞳？」
我搖了搖陷入茫然的腦袋。
「如果說妖王家的力量是必需的，那何不試著去拜託縫陰大人？」
銀次先生如此提議，但石榴小姐卻搖頭。
「這很困難吧。縫陰大人雖然出身妖王家，但並未遺傳到瞳的力量。」
「怎麼會……那我們就沒人可拜託了。」
絕望感一湧而上。說起來妖王一家本來就與我們為敵。
在這種局面下，不可能有人對我們伸出援手……
「不對，另有其人。還有一位妖王家的大人願意幫助妳，而且擁有瞳的力量。」
「另有其人？」
我與石榴小姐對望，下一個瞬間我猛然想起。
「——竹千代大人。」
對了，我過去曾遇見那個流著妖王家血液的孩子。
基於某些狀況，他暫時被送往縫陰大人與律子夫人家受照顧，後來又重返宮中。
我曾跟他一起親手做了兒童餐。
美味的料理與嚮往已久的甜點，打開了竹千代大人的心房。而他確實也擁有奇特的雙眸，虹膜上有著同心雙圓的紋樣。

「可、可是，怎麼能讓那麼小的孩子捲入這些事。」

這次的行動等同於忤逆宮中命令，要是竹千代大人出面協助我們，豈不是會影響他未來的立場？

「退縮了嗎？但除了拜託他，別無他法。」

「可是……」

原本複雜的問題，在我紊亂的思緒下變得更難解了。銀次先生見狀，伸手輕搭我的肩。

「葵小姐，先確認一下竹千代大人本身的意願如何？」

神情冷靜沉著的他如此提議。

也對，我還沒問過竹千代大人自己是怎麼想的。也許他也知道這次的事件。

「不過，就算真要請他幫忙，該如何才能見他一面？」

「這點不用擔心。妳只要帶著妳做的生銅鑼燒跟我一起來就行了。」

「……？」

石榴小姐默默揚起笑容。

廚房裡還剩下滿滿的銅鑼燒皮與紅豆鮮奶油餡。

石榴小姐的另一個身分，是妖王家御用的甜點師傅。

聽說她今天按照慣例要把晚餐後的茶點送去給竹千代大人，於是我也喬裝成大湖串糕點屋的師傅隨行。

不過這次帶去的點心並非她們店裡的和菓子，而是我做的生銅鑼燒。

「石榴大人，今天來得太晚了。竹千代大人都在等了。」

「噢呵呵，抱歉呀赤熊將軍。你想想，今晚不是要舉辦八葉夜行會嗎？我有很多準備工作要忙的。」

在竹千代大人房外守備的是妖都三大將軍之一——赤熊將軍，先前我曾與他有過一面之緣。臉上有條傷疤的他頂著一頭紅褐色毛髮，板著不苟言笑的表情，我一邊心想這位將軍還是一樣不好惹，一邊從他身旁經過。

石榴小姐隔著拉門呼喚。

「竹千代大人，我是石榴。恕我打擾。」

語畢，房裡傳出了「進來」的允諾聲，於是她拉開房門。

正當我也打算悄悄跟著進去時——

「喂，妳幹嘛企圖想進去？」

「咦？」

被赤熊將軍捉住手制止，我不由自主回過頭。

雖然我戴了紫色假髮，身穿洗豆妖御用師傅的專屬服裝——用焚香燻過的白色狩衣，另外還戴上眼鏡，自認喬裝得很完整。不過……

看他這股怒沖沖的態度，難道是露餡了？

「……？妳真的是洗豆妖嗎？眉毛真沒特色。」

「咦！眉眉眉、眉毛？」

對、對耶……至今遇過的洗豆妖全都畫著點狀的殿上眉，也就是只保留眉頭的部分。被他注意到這點，實在很難蒙混過去。

「而且……我是不是在哪裡見過妳？」

「咦？哪、哪有……」

我心想要是被認出長相就慘了，於是試圖用手掩面。

赤熊將軍似乎看我形跡可疑，大聲命令「把臉露出來」，硬把我的手從臉上拉開。

石榴小姐伸出白皙玉手，一把擋在我們中間。

「赤熊將軍，你在對我的徒弟做什麼？這孩子個性內向，別這麼粗暴。還是怎樣？你對她有興趣啊？」

「有興趣？呃，不，我沒有那種意思……」

被石榴小姐訓斥後，赤熊將軍馬上鬆開我的手，假咳了幾聲裝沒事。

他的皮膚本來就偏紅，現在臉看起來更紅了。

「因為石榴大人您平時總是把徒弟留在房外，所以我才覺得有點奇怪罷了。」

「呵呵，今天的茶點是我徒弟的作品。她是前途無量的甜點師傅，所以我想說一定要介紹給竹千代大人認識認識……畢竟我也不知道這八葉的位置自己還能坐多久。」

「什麼？」

赤熊將軍一時不解石榴小姐在說些什麼，過了一會兒才有所察覺。

「是說，您打算拿學徒做的甜點給竹千代大人享用？石榴大人，此舉實在太失禮了！妖王家可是看您手藝精湛才將這份重責大任交給──唔唔？」

石榴小姐把多準備的生銅鑼燒塞進了似乎還有話想說的赤熊將軍嘴裡。

他一開始嚇得僵住不動，不一會兒忍不住開始嚼起嘴裡的生銅鑼燒。

「這、這是什麼東西？吃起來溫醇又香甜，但又跟一般的銅鑼燒截然不同，這輕盈又柔軟的口感……真、真好吃啊！」

「這點心是這孩子做的喔。這下你總沒意見了吧？」

趁著赤熊將軍陶醉在生銅鑼燒時，石榴小姐對我眨眨眼，匆忙踏入竹千代大人的房內。

我也緊跟在後頭進入，並拉上房門。

「石榴，是怎麼啦？……外頭在吵些什麼？和今晚的八葉夜行會有關嗎？」

竹千代大人將一頭灰色長髮綁起，身著華麗的和服，端正地坐在書桌前閱讀。

「大概是那樣沒錯。竹千代大人，今天的飯後甜點時間延誤了一些，十分抱歉。」

「這沒什麼大不了……」

竹千代大人抬起臉。

我站在石榴小姐身後愣了一會兒，隨後摘下假髮與眼鏡。

「妳……是葵？」

竹千代大人猛然站起身衝上前來抱住我。

「我好想妳，我一直好想見妳！」

「竹千代大人，我也是，看您這麼有精神，實在太好了！」

竹千代大人充滿喜悅的聲音讓我既欣慰又鬆了口氣。

我也緊緊回抱住他。

分開也才不到一個月，感覺卻像睽違已久的重逢，是因為經過這段時間，他看起來又更成熟了許多。

想必在這段短暫的時光中，他的心境也有所轉變，並克服了許多課題吧。即使如此，他那雙緊抱著我的小手仍透露著無法抹滅的思念。

「竹千代大人，今天的點心是她親手幫您做的喲。」

「咦？」

石榴小姐把裝在托盤上的生銅鑼燒展示給竹千代大人看。

竹千代大人盯著生銅鑼燒不放。

「這是葵做的嗎？」

「咦？嗯嗯。是我的自信之作，請務必嘗嘗。」

「……」

他輪流看了看生銅鑼燒還有我跟石榴小姐。

他這是怎麼了？

「妳們感情什麼時候變這麼好？」

「原、原來……您從剛才在意的是這件事啊。」

「被小孩子這麼說，心情還真是複雜……」

我跟石榴小姐望向彼此，露出了苦笑。

竹千代大人雖然年紀還小，卻明白我們之間微妙的關係。

不，正因為他對這方面特別敏銳，所以過去從不對任何人打開心房。

「我們決定攜手合作了！」

「沒錯沒錯，因為想同心協力拯救一個人。」

「拯救一個人……」

這句話似乎讓竹千代大人想到了什麼，他換上認真的神情，拿起面前的生銅鑼燒開始享用。嘴邊還沾上滿滿的紅豆鮮奶油餡。

「真好吃！」

他的表情隨之一變，臉上出現孩童該有的雀躍光芒。

「這好像以前吃過的馬卡龍！不對，明明不一樣，這還是比較像銅鑼燒……可是真的好像！」

「呵呵！我明白您想表達的意思，因為裡面夾的內餡有點類似嘛。」

竹千代大人天真無邪、大口大口把雙頰塞得鼓鼓的，我幫他擦去嘴邊與臉頰沾到的奶油餡，同時仍感到些許猶豫。

或許我會害這個孩子今後捲入危險之中……

但我將內心的不安與迷惘化作決心，開口切入正題。

「竹千代大人，其實我有事相求。」

「有事相求？是關於那個妳們想拯救的人？」

他馬上就意會過來。

「難道是天神屋的大老闆？」

「是的……」

真是聰穎的孩子，而且他似乎早已清楚宮中發生的事情。

「天神屋大老闆他被冤枉，身分地位將遭到剝奪。而且還不只這樣……宮、宮中還打算將他封印在地底。」

我一邊說著，一邊緊握住放在膝上的手。

如果真的失去大老闆，天神屋跟我會……

「葵……」

竹千代大人撫上我的手，對泫然欲泣的我輕聲說：「妳好好把狀況說清楚。」

在年幼孩子的安撫下，我娓娓道來關於大老闆被囚禁的場所，以及此行需要借助他的力量。

在說明的同時，淚水又呼之欲出，於是我急忙低下頭。

竹千代大人湊近看著我的臉，並為我擦去眼角的淚。

「葵，其實我也對於這次宮中的決定感到不解。」

「竹千代大人……」

「如果有我能幫上忙的地方，我會在所不惜，因為妳是我的恩人。況且……對妳而言，天神屋的大老闆也是相當重要的人吧？」

「是的。」

「那就對了，畢竟誰都希望自己重視的人能長伴左右。」

「……」

竹千代大人與母親分隔兩地，想必心裡也很寂寞吧……

但他現在的言行已經變得如此成熟穩重。

不，他肯定原本就是個聰穎的孩子。身處在宮中這樣的環境，自然需要變得成熟獨立，他的成長也完全體現在他的言行舉止與用字遣詞中。

但他並非被迫留在這是非之地，而是他用自身意志所下的覺悟。

我在他身上看見堅強的心理素質，以及可謂王者本色的強大存在感。

「竹千代大人，害您被捲入這樣的是非，真的非常抱歉。」

我再次低下頭賠罪，結果他搖搖頭。

「不會的。我一直很想報答妳的恩情。現在能如願以償，我高興都來不及……而且我也有話想對祖父大人說。」

他站起身，拉住我的手。

他的眼神凝望著比我更遠的彼方。

「走吧，葵。我帶妳去見天神屋的大老闆。」

竹千代大人房外有赤熊將軍看守，不過他只留下一句「我要跟石榴一起去宮中散步」便踏出房間。當然，我也再次完成喬裝。

「那麼我也一起同行。」

「不需要。赤熊你留在這。」

竹千代大人瞥了企圖隨行的赤熊將軍一眼，命他留在原地。那充滿威嚴的眼神不愧是妖王的孫子。

赤熊將軍只能乖乖聽命於這孩子，留在原地待命。他嘴邊仍沾著紅豆色的鮮奶油餡，看起來有點呆。

接著我們便悄悄一路深入宮殿下方。

石榴小姐已事先幫忙打探到迷宮牢獄的出入口位置。

正以為這一路上可以暢行無阻，就在某個轉角撞見一道巨大的身影。

我差點嚇得叫出聲來，仔細一看，發現是身穿黑色鎧甲的豬妖武官。

「石榴，往這邊。我已經先命其他人迴避了。」

「亥，謝了。算我欠你一次。」

協助我們的內應竟然是那個今天白天才把大老闆從文門之地帶走的黑亥將軍。他和石榴小姐還有擔任文門之地八葉的夏葉女士一樣，都是與大老闆共度同窗時代的大學好友。

「小姐，白天採取那麼粗暴的行動實在抱歉了。陣八就拜託妳了。」

「是……」

我們之間的對話僅止如此，但我知道他其實也很想幫助大老闆吧。過去的舊識都為了大老闆起身行動，一想到這就令我感動萬分，並且獲得勇氣。

最後我們抵達的地點是宮殿正下方。

這裡似乎是一座廢棄的研究設施，位於地底層的淺層。

「這裡是……」

「這裡是好久以前我受妖王家之命，進行『地底』研究的設施喔。如今遷移到別處，這地方的存在也已被遺忘了。」

「？」

旁邊傳來別人的聲音。

從黑暗中現身的是墨鏡一閃的砂樂博士，他竟然帶著銀次先生一起來了。

銀次先生把代為保管的便當還給我，同時說：

「葵小姐、石榴小姐，兩位能平安來到這裡太好了。還有竹千代大人，這次勞駕您了。」

他也用恭敬的態度向幼小的竹千代大人鞠躬行禮。

比起寒暄，竹千代大人似乎對於這座設施更感興趣。

「不過我說呀，還真是幸好這裡的入口大鎖都沒換，跟以前一樣呢～」

砂樂博士笑著把玩鑰匙，似乎很愉悅。

鑰匙一轉，深鎖的門扉確實馬上敞開，我們就這樣輕而易舉地成功進入。

「不過砂樂博士，從這研究所要如何通往迷宮牢獄？應該問你怎麼會有這裡的鑰匙？」

「嗯～畢竟在這裡開發出迷宮牢獄的人就是我啊。」

「咦？」

所有人都嚇了一跳，包含石榴小姐與竹千代大人。

「對了，這麼說起來我確實聽祖父大人稍微提過，據說這座宮殿是依靠汲取自地底的龐大靈力來維持運作。不過，由於對靈力資源需求與日俱增，過度開採地底層導致誤觸惡質邪氣的根源，結果造成邪氣外洩……」

「沒錯，正是如此，竹千代大人。」

砂樂博士微低下頭說道。

「於是妖王家暗地裡打造『迷宮牢獄』這個設施，並且上了封蓋，避免邪氣外漏。」

「……封蓋？」

在銀次先生的狐火照明下，砂樂博士走向設施深處。我們也隨行在後，邊聽他說下去。

「過去為了抑制外洩的邪氣，犧牲了無數的性命──尤其是刹鬼一族。因為他們擁有能吸收邪氣的體質，所以多數被封印於地底。」

「這意思是……」

「我啊，就是這項計畫的負責人，開發了用來把刹鬼封印於地底的迷宮牢獄。」

所有人都吃驚得說不出話。這麼一說，我確實聽砂樂博士的兄長──紫門先生說過，砂樂博士以前在宮中進行很痛苦的研究工作。

原來指的就是這件事。

「這一次絕對要救出大老闆。因為……這是我的義務。」

砂樂博士散發出的氛圍有別於以往的悠哉，他背對我們的身影，強烈地傳達出他的覺悟。

研究所內部的牆面上，有一處畫上櫻花家紋，外面框著同心雙圓。

這正是妖王家的家徽。

「竹千代大人，請恕我失禮。」

銀次先生似乎已事先跟砂樂博士商量過，在此時抱起竹千代大人。

「竹千代大人，請您就這樣注視著這道雙同心圓的櫻花紋，並且如此詠頌。」

接著砂樂博士轉回平常的開朗態度，把咒語告訴竹千代大人。

「雞麻開門。」

雞麻……？為何？這時候不是應該喊最經典的「芝麻開門」嗎？

就我來說這咒語充滿吐嘈點，但竹千代大人直率單純，對於這項任務似乎躍躍欲試。

他卯足了勁回應說：「我明白了！」

「雞麻開門！」

他落落大方地詠頌，那威風凜凜的模樣實在可愛。

接著，櫻花紋的正中央突然射出一道細細的光芒，牆壁從中一分為二。

原來如此，竹千代大人雙眼的力量是用在此刻。

「……唔！」

暗門開啟的瞬間，銀次先生以手掩口，當場雙膝跪地。

「銀次先生，你怎麼了？」

「……抱歉，因為這股邪氣實在太強烈……」

對了，身為神獸的他對於邪氣的抗性很低。

砂樂博士與石榴小姐，甚至連竹千代大人都感應到這強烈的邪氣，臉上的表情因恐懼與痛苦而變得扭曲。

「你們聽好了。這台是升降機，往下搭到地底一百層，那裡就是迷宮牢獄了。」

「咦！搭升降機，意思是搭電梯通往地底嗎？」

「沒錯。而能進行這項任務的只有不易受邪氣影響的人類，也就是小嬌妻，以及擁有妖王家瞳之能力的竹千代大人了。擁有這雙眼睛的妖怪，抵抗邪氣的體質媲美人類。」

接著，砂樂博士伸手搭上我與竹千代大人的肩膀，一臉憂心地問我們。

「那地方非常可怕，我不認為你們應該繼續前進。但我想知道你們怎麼決定？」

面對這道問題，我和竹千代大人仰頭望向砂樂博士。

「……我要去！」

「我也是！」

我們帶著堅定的意志，毫不猶豫地回答。

「因為大老闆就在那裡不是嗎？既然如此，把他帶回來是我的任務。」

「小嬌妻……」

我們的答案讓砂樂博士露出微笑，接著他輕拍我的頭。

「大老闆……就拜託妳了，小嬌妻。」

他將那位視同自己孫子一般的人託付給我。

砂樂博士的口氣滿滿流露出他對大老闆的關愛，讓我不禁熱淚盈眶。

「小嬌妻，最後給妳一個忠告，迷宮牢獄裡充斥著眾多罪人的意念與靈魂。過去被禁錮於此的階下囚，他們的強烈意念應該會襲擊妳吧。但妳絕對不可以迷失自我。」

「好的！」

我眨了眨眼，接著換石榴小姐為我打氣。

「陣八就拜託妳了，葵小姐。雖然應該不用我多說，不過能拯救他的人只有妳了。」

「那當然，我絕對會把他帶回來的。石榴小姐，謝謝妳的幫忙。」

她露出坦率的笑容，就像在大老闆的記憶中所見到的那個她——過去在夕顏的位置經營茶館的石榴小姐。

如果能更進一步了解彼此，我想我跟石榴小姐應該能成為益友。這也令我對未來充滿期待。

最後，我轉身面向銀次先生。

「銀次先生，小不點就拜託你照顧了，他也不太能抵抗邪氣。」

「……好的。」

小不點反抗著「我也要一起去，放開我～」但我不以為意，捻著他的殼把他交給銀次先生。

由於他胡亂掙扎個不停，砂樂博士不知從哪拿了一只昆蟲箱過來，把小不點關進去。

小不點……暫時待在這裡等我回來吧。

「葵小姐，請收下這個，我想地底應該又黑又冷。」

銀次先生在自己的手心點亮狐火，送往我身邊。

這團火焰非常溫暖又令人安心。

「……」

「……」

接著我們凝視彼此一段時間。

他的眼神中閃爍著比誰都更深的擔憂。

「那個，葵小姐，我還是陪您一起……」

我將手心舉往他面前，阻止他說完這句話。

「不行啦，接下來這段路只能由我和竹千代大人走下去。銀次先生你有你的任務，接下來你要踏上戰場了不是嗎？」

「……葵小姐。」

至今為止我讓這個人操了多少心呢？

已數不清被他拯救了多少次。

正因如此，唯獨這一次絕不能再依賴他的幫助了。

因為我們彼此背負著不同的重責大任。

銀次先生的狐耳垂得低低的，被我一摸之後又立刻豎直了起來。

「葵、葵小姐……？」

「銀次先生，聽我說——」

接著我拉起他的手，內心滿懷著感謝緊緊握住。

「謝謝你剛才幫忙推銷我做的生銅鑼燒，你為我說出我沒能訴諸言語的想法。你總是第一個理解我想做的事、想達成的目標。有你在，我真的很放心。」

銀次先生的目光中盪漾著溫柔說道：

「不敢當，這是我目前唯一能為您做的事。畢竟除此之外，我已無力幫您什麼了。」

「銀次先生……」

在我年幼時期遇見你，一路來到現在這個瞬間。

銀次先生，你一直都是我活下去的希望。

但是現在，我或許該學習告別，不再依賴這個溫柔且可靠的存在了。

我已經沒事了。別擔心，銀次先生。

「葵小姐，請您一路保重。我會在出席八葉夜行會後等候您帶著大老闆歸來。」

「嗯嗯，沒問題，放心交給我吧。夜行會的事也拜託你囉，銀次先生！」

隨後我們鬆開彼此的手。

我與竹千代大人一同搭上升降機。

「葵小姐！」

在最後一刻，銀次先生的呼喚讓我回過了頭。

他露出至今為止我看過最溫柔的微笑，並告訴我。

「您永遠是我最傾慕的人。」

「……」

「不只是我而已，天神屋的所有員工都很在乎您，對勇敢開拓未來的您感到尊敬。所以請別忘記，您早已是天神屋的一分子，並且是無可取代的存在。無論接下來發生什麼事，您該完成的任務、想達成的野心、重要的棲身之處、還有最珍愛的人……請務必把這些永遠牢記心底。」

「銀次先生……」

升降機的門緩緩閉上。

我也從縫隙間朝著溫柔微笑的他大喊——

「我也最喜歡銀次先生了！謝謝你，銀次先生！」

謝謝，真的謝謝你。

不知為何，此刻滿溢心中的是感傷、不捨，以及感謝之情。

又不是今後永遠無法相見。等我與大老闆一同歸來之後，我還要再跟銀次先生攜手壯大夕顏，進行各種新挑戰。

但是我莫名有種感覺——這是一次訣別，也是一個了結的瞬間。

實際上到底是什麼，我好像似懂非懂。

像孩子學會獨立，也像父母放手讓孩子啟程……又或許是其他不一樣的感受。

明明無法具體表達，胸口卻一陣難受。

「葵，妳還好嗎？」

「嗯，抱歉，竹千代大人……我們出發吧。」

竹千代大人擔心著低下頭的我。

透過傳入體內的振動與感覺，我知道升降機正緩緩下降。銀次先生送來我身邊的狐火形影不離，使我免於陷入黑暗與寒冷之中。

而且我沒有一絲恐懼。

我和竹千代大人靜靜地手牽手，搭了約莫十分鐘。最後升降機停了下來，發出「叮」一聲，很明顯是抵達目的地的聲響。隨後門打開了。

「竹千代大人，您看……」

怵目驚心。

眼前是一片色彩混濁黯淡的未知世界，令我不禁聯想到，「地獄」指的應該就是這個地方吧。

黑色高牆彷彿突破天際。

雲朵就像混濁的氣體，在由各種色彩混合而成的天空上形成漩渦。

映入眼簾的這片景象，讓我開始擔心在高牆的另一側等著我們的是什麼。

這裡沒有任何可以稱得上美好的事物。

「葵，我想入口應該在那邊。」

高牆上有著類似裂痕的狹窄縫隙。

這綿延的障壁太過高聳，讓這縫隙看起來不太安全。不過走近後才發現，寬度似乎足以讓人通行。

想必這就是通往迷宮的入口。

這裡就是位於地底百層的——迷宮牢獄。

我屏息嚥了一口口水，將便當盒緊抱在胸前，與竹千代大人一起踏入這個地方。

在高牆包圍下，這裡略顯昏暗，但還不像原本想像般漆黑。勉強能看得見路沒問題，而且還有銀次先生的狐火為我們照亮周遭。

不過我還是覺得有些茫然。無論走到哪，這座迷宮的景色看起來永遠一模一樣。不知該往哪邊前進，也不記得如何折返。

走在陌生的環境中會覺得路途特別漫長，現在我正陷入這樣的錯覺中。

我們應該沒前進多少距離才對，卻感覺過了好長一段時間……

「奇怪？」

然而，就在繼續前進一陣子後，我查覺到景色有了變化。

我們發現某些淡粉色的物體掉落在地面上，出現在虛無世界中的這抹柔和且亮麗的色彩令人感到驚奇。

「這是不是櫻花花瓣啊？」

「葵，妳看上面！」

竹千代大人伸手指向上空。

令人驚訝的是，無數的櫻花花瓣紛紛飄舞而下。

「難道說，這附近有櫻花樹嗎？」

我東張西望環顧四周，想當然耳，在這座被高牆包圍的迷宮中，遍尋不著櫻花樹這種饒富情趣的景緻。

我原本以為這裡是高牆徒立的迷宮，也是罪人的牢獄。

但如果真是如此，這美麗的景象到底是什麼？

「欸，葵。輕飄飄浮在半空中的，不只有櫻花花瓣喔。」

「咦？」

竹千代大人拉了拉我的袖子。我抬頭看他指著什麼，頓時失語。

那是……啊……是孤魂，正確來說應該是妖魂？

不過這與我所知道的孤魂不一樣。

這東西的形體比起火焰，更像是聚成一團的氣體，還長著沒對焦的眼睛與齒列凌亂的嘴巴。但它的眼神看起來茫然失焦，嘴裡吐出的也只是沒有意義的呻吟。

這些東西發出淡淡光芒，同時能穿透物體，搖搖晃晃地飄浮著，圓滾滾的它們後面還拖著一條類似尾巴的東西。

「這應該是所謂的幽靈吧？」

「呃，嗯……」

這些不具實際形體的靈魂在周圍飄流著。

我在現世見過幽靈或孤魂，來隱世後也偶爾會遇到。但這裡全是迷失的空虛靈魂，彷彿已遺忘自己的牽掛與目的。

「它們肯定是走不出這座迷宮，長久以來受困於此，現在仍徘徊遊蕩著。」

我想得沒錯，不知從哪裡傳來了悲悽的聲音，還有痛苦呻吟。

這些聲音帶著恐懼與孤寂，尋求著救贖，卻沒有任何人聽得見。

這的確令人想掩住耳朵，而且難以保持理智。

雖然它們只是遊蕩著，並沒有任何威脅性，但正因如此，要棄他們而去讓我有點煎熬。

「葵，妳看，是雙圓圈的櫻花紋。」
我們在某條死路盡頭的牆面上發現妖王家的家徽，跟深入地底前看到的一樣。
竹千代大人注視著圖紋，詠頌了「雞麻開門」。
如同先前的狀況，牆面一分為二，發出轟隆隆的聲響緩緩打開。
「幹得好！竹千代大人。」
「只要一路上遇到這個家紋就念咒語，這樣就行了嗎？嗯……以妖王家來說，連迷宮都這麼沒挑戰性。」
竹千代大人噘起嘴唇，彷彿感到有點無趣。
他似乎期待能像冒險故事一般，有更多勇闖難關與解開謎題的過程。
「好了好了，總比永遠迷失在這裡好吧。」
我如此安慰他，就在此時——
發現身後傳來一股強烈的寒意，我猛然轉過頭。
「啊……」
驚人的是，剛才還那麼無害地飄浮在空中的靈魂聚集成群，融合為一，同時不斷膨脹，具像化為一隻巨大的怪物。
這個怪物長著無數的手足眼口，甚至還有類似牙齒或尖角的組織，以扭曲的形態越長越大。
「那是什麼！」

「是惡靈……」

怪物吐著連我都感受到的強烈妖氣，用猛烈的速度朝我們的方向爬過來。

「竹千代大人，小心！」

不知為何，被鎖定的目標是竹千代大人。

我伸手緊抱住他，將他護在懷裡。

惡靈的聚集體撞上我們之後便像煙霧一樣散了開來，但確實縈繞在我們的身旁訴說著什麼。

那像是某種強烈的意念。

眼底浮現而上的景象是遠方烽火連天，交雜著悲鳴與喧囂、死與絕望。

這是關於遠古隱世戰役的記憶？

砂樂博士說過，被禁錮於地底下的是過去曾支配隱世的剎鬼一族。沒錯，就是大老闆的祖先。

悲嘆、傷心、憎恨。痛不欲生、苦難與枯竭。

我可以感受到它們對妖王家的恨。

原來，這裡的惡靈都忘了自己是誰，清楚記得的只有憎與恨這樣的感情。

原本溫順無害的靈魂，想必也是在竹千代大人打開暗門時感應到妖王家的力量，所以才失去控制。

在凍得刺骨的寒冷中，我的意識彷彿就快斷線。然而胸口卻透出了一道耀眼的光芒。

啊啊，好溫暖。

這道守護我的光芒劃開了黑暗。

「……葵、葵！妳還好嗎？」

原本被我抱在懷裡的竹千代大人，現在搖著我的肩。

猛然清醒的我抬起臉。剛才的怪物還有那些飄浮徘徊的孤魂們已被驅離，一個也不見蹤影，只留下一片寧靜。

而我的胸口仍散發著光芒。

我「啊」了一聲，想起被我摺好收進懷裡的東西。

「對了，我一直把這個帶在身上。」

我把東西拿出來攤開——這是過去律子夫人送給我的「七星羽衣」。

或許因為現在身處色彩暗濁的世界，這閃耀的霓彩看起來更美麗又令人安心。

竹千代大人摸了摸閃著七彩光輝的羽衣說：

「這真是不得了，裡面蘊藏著強大的守護法力。」

「可能真是這樣沒錯，我聽說這是嫁給妖怪的人類女子代代相傳的寶物。裡面肯定包含著想守護她們的心願。」

想必是這七星羽衣驅開剛才的惡靈。

謝謝您，律子夫人。

沒想到會以這樣的形式派上用場，我攤開羽衣，披在自己與竹千代大人身上，往門的另一端前進。

多虧這件羽衣，接下來一路上已沒有任何惡靈接近。

「這裡積了好多櫻花花瓣喔。」

「我想一定哪裡有櫻花樹。」

每次找到同心圓櫻花紋，由竹千代大人幫忙打開通道時，飄下的櫻花花瓣也一次比一次還多。

在這迷宮裡順利前進的唯一方法，就是使用妖王家的瞳之力量找到暗門並且通過。而我們應該正逐步接近這些花瓣的來源。

我的預感似乎沒錯。

打開第五道門後，我們明白了剛才一直很在意的花瓣究竟來自哪裡。

「真是壯麗的櫻花樹啊……」

我們來到一片開闊的空間，這裡種著巨大的櫻花樹。

這一路上明明寸草不生，為何唯獨這裡有盛開得如此美麗的櫻花樹？

正因為過於特別，這幅神祕的美景讓我目不轉睛。

這裡沒有風，花瓣卻無聲地翩翩舞落……

櫻花樹灑下夢幻縹緲的花瓣，點綴沒有色彩的地面。
被這巨大櫻樹的美景深深吸引，我甚至一時說不出話。
「咦？那是什麼？」
我看見這棵櫻樹下有東西，便跑上前去。
撿起來後發現好像是類似學生手冊的舊本子。
陰陽學院……？好像是來自這間學校的東西。
是說這種地方怎麼會出現學生手冊？
我正打算翻開來看看。結果竹千代大人連聲「葵，葵！」地叫我。
「竹千代大人，怎麼了？」
「這……這是……封蓋！」
我嚇了一跳。因為站在櫻樹前的他雙眼開始發光，頭髮變成櫻花色與紫色的漸層。
以前我也曾見過這狀況。當時他在石榴小姐與赤熊將軍的刺激下一時激動，結果讓妖王家的能力嶄露頭角。
但這次情況不同，是眼前的櫻花對他造成了某些影響？
「葵，快點離開那裡！因為這……這就是抑制地底邪氣的封蓋！」
竹千代大人扯開嗓門告訴我，就在此時——
櫻花樹開始躁動般地枝葉婆娑，樹根向上隆起。

樹根縫隙間出現漆黑的洞穴，裡頭形成漩渦，周遭颳起陣陣強風，吹得櫻花花瓣漫天飛舞。

「是、是風穴！」

「哇啊啊！」

樹枝與樹根彷彿擁有意識一樣自由地伸縮蠢動，纏住試圖逃跑的我。

「葵！葵！」

「竹千代大人！」

無法掙扎的我就這樣被櫻樹的樹根緊緊綁住身體，拖進剛才開啟的風穴。這過程簡直就像生物把捕捉到的獵物扔進嘴裡一口吞下。

「葵～～～！」

竹千代大人的聲音從遙遠的上方傳來。

我被拖進深不見底的空間，直直往下掉。

手裡仍緊抱著便當盒，還有剛才撿到的學生手冊。

——求求你不要走。

——別丟下我一個人，爺爺。

向下沉淪的我，聽見深處傳來某人熟悉的嘆息。

第五話　意念之所向

——啊！

我猛然坐起身，眨了眨雙眼。

「……」

早晨的空氣令人心曠神怡，嚦嚦鶯聲傳來，預告著春天的到訪。

這是哪裡？我又是誰？

我像個喪失記憶的人，陷入一陣茫然……

這裡是我長年以來居住的爺爺家，我人在景色熟悉的臥室裡。

離開床鋪打開窗，庭院裡的梅花正值花期，早春的香氣令我怦然心動。

唔唔！不過天氣還很冷，畢竟現在是二月下旬的早晨。

二月下旬……？

「啊啊，對了。得在爺爺起床前準備早餐……」

我的名字是津場木葵。

無父無母的我目前是個女大學生，與祖父津場木史郎同住在一個屋簷下。

大學一年級學期剛結束，現在進入春假期間，我每天替爺爺準備好早飯後，便會前往附近的麵包店打工。

現在這個時節的油菜花特別美味。

最愛吃油菜花的爺爺為了盡情享受當季美味，每天都吵著要吃油菜花。

燙油菜花、油菜花涼拌芥籽美乃滋、醋味噌拌油菜花……菜色族繁不及備載。

每天我都會變換不同的烹調方法或是調味，準備油菜花料理上桌，今天早上就來做個涼拌醋味噌口味的吧。

家裡還有用鹽麴醃漬過的馬舌鰈魚片。

把這拿去烤一烤，順便把預先做好的常備菜「甜鹹風味燉煮蒟蒻」也端出來吧。還有絕對不能少的味噌湯。

我隨即從冰箱裡取出裝在塑膠袋內的馬舌鰈魚片，這已經先用鹽麴醃了一整晚。

在等魚烤好的同時，順便把油菜花下鍋汆燙。

葉菜類經過水煮之後會呈現出亮麗的色澤，我很喜歡這股特殊的青菜味伴隨熱氣一同緩緩上升的瞬間。

接著我把燙好的油菜花泡冰水冷卻，確實擰乾水分後用小碗盛裝。再來，將味噌、砂糖、酒、醋與芥籽攪拌均勻做成醋味噌醬汁，適量淋上即可。

今天早上的味噌湯使用冷泡了一晚的小魚乾高湯為基底，搭配市售的綜合味噌。我們家煮的是非常普通的家常口味，配料只有白蘿蔔與豆腐而已。比起料多豐富的味噌湯，爺爺更喜歡簡樸的這種。

接著把剛煮好的白飯盛碗，與熱騰騰的配菜一同上桌。

烤好的鹽麴口味馬舌鰈魚片，白色的肉身軟嫩可口，還微微帶著焦黃色，看起來令人食指大動。

搭配爺爺最愛的醋味噌拌油菜花、白蘿蔔豆腐味噌湯，以及我愛吃的甜鹹風味燉煮蒟蒻。

嗯，這桌美好的早餐真適合做為一天的開始。

我脫下圍裙，同時探頭觀察著位於客廳隔壁的爺爺臥室。

他在床上睡得都翻白眼了。

「爺爺，早飯做好囉。起床了，快起來。」

我搖著他的身體想把他叫醒，結果他發出「唔唔唔」的呻吟。

「已經早上啦……頭好痛……」

「你昨天喝太多啦。我還把醉倒的你從玄關一路拖來臥室，真是折騰人。」

「唔……葵真是關心爺爺啊。」

爺爺總算從床褥裡坐起身子。

我端了水過來，他一口飲盡後深深吐出一口氣。

看起來還有點宿醉，不過至少舒緩了一點。

他發出一聲「嘿咻」並站起身，做了一套神祕的體操。
「昨天我好像醉倒在門口了，其實就算妳把我丟在那裡不管，也沒人會有意見的。畢竟大家會說我是自作自受。」
「的確是這樣沒錯吧，但要是你有個萬一我也傷腦筋不是嗎？你如果感冒了，到時要負責照顧病人的可是我耶。」
「如果能讓葵幫忙照顧，爺爺我感冒也值得啊。」
「欸！你年紀也不小了，別亂說這些了。」
「啊、哈、哈！」爺爺發出中氣十足的笑聲敷衍了事。
老實說我內心鬆了一口氣，畢竟他真的已經不年輕了啊……
「噢！對了。早安，葵。」
接著是一句遲來的問候。
「好好好，爺爺你也早安。」
這是我們家每天早晨習以為常的一幕。
爺爺迅速洗把臉後回到客廳，一臉滿意地端詳著準備好的早餐。
「嗯……味道真香，不愧是我的孫女。光是每天一大早就能吃到葵的手做料理，我肯定就能長命百歲了。」
「這些廢話就不用多說了，趕緊開動吧。我待會兒還得出門打工。」

好了，馬上來開始期待已久的早餐時間。

一日三餐的飲食裡，早餐是最特別的存在。

有時候剛起床其實還沒食欲，但自己動手做早餐，活動筋骨後，就能在最餓的時間點迎接這一餐。

用鹽麴醃漬過的馬舌鰈，白色肉身入口即化，鹽麴的鹹味與鮮味更能凝聚肉質的鮮甜，營造出溫潤清爽卻又帶有深度的風味。

令人一口接一口停不下來，實在下飯。

「噢～這道真不錯啊，葵。我一直以為鰈魚最適合燉煮，不過用烤的也別有一番風味。妳是用了什麼來調味？」

「鹽麴呀，這是我第一次嘗試用鹽麴醃漬，成果很滿意。鹽麴這調味料真方便，即使直接用市售現成品，也能輕鬆營造多層次的風味。最近在料理雜誌也常常看到它出現，所以才試用看看。以後似乎會成為我的愛用調味料。」

「這樣最好，我很中意這味道喔。」

「呵呵，我也是。」

看見爺爺露出心滿意足的笑容，總會令我也覺得欣慰。

只要他能每天吃得開心，過得幸福又健康就好了。

「再來嘗嘗我最喜歡的油菜花。選用醋味噌涼拌，妳果然對我的喜好一清二楚啊，葵。」

「昨天明明才吃過不是嗎？」

接著爺爺也把最愛的醋味噌拌油菜花三兩下掃光。

預告春天來臨的油菜花鮮甜中帶著微苦，形成絕妙的搭配。拌上醋味噌醬汁後更能帶出油菜花本身的風味，酸酸甜甜令人一吃就上癮。

「對了。」爺爺一邊啜飲著味噌湯，一邊抬起視線說道。

「葵，我今夜也會晚點回家，搞不好會拖到明天早上。」

「咦～～難道又要去喝酒？」

「不能怪我啊，在商店街賣糯米糰子的泰造說，等春天就要搬去兒子家住了。人家之後就要離開這裡遠走高飛了，不趁現在多喝幾杯怎麼行。」

「真是的～」

不過這也情有可原，畢竟糯米糰子店的泰造先生對爺爺跟我都照顧有加。

「以後再也吃不到他們家的糯米糰子，真捨不得呢。不過我還有葵可以幫我做，所以沒差就是了。」

「我可做不出一模一樣的東西啊，有些口味是專賣店才做得出來的。」

爺爺最近常跟在地的朋友相約喝酒，一喝就是連續好幾攤。

我聽說他以前是個孤僻的人，自從收養我並定居此地後，才開始跟街坊鄰居互動，生活過得似乎還算愜意。

「你要去喝酒是無所謂，但可別不自量力。喝得醉醺醺從樓梯上摔下來的話還得了，我剛才也說過你年紀不小啦。」

「我知道啦，在看見妳穿婚紗前我是不會死的。」

「……」

「不過，人免不了一死。此生最後一餐我希望吃到葵親手做的飯菜——就像每天早上這樣一桌平凡的美味。」

真佩服他好意思帶著滿面笑容說這些。

最近明明每天都在外頭吃晚餐。

「對了，葵。妳在大學交到男朋友沒？嗯嗯？」

「很可惜，並沒有。你不再多活個十年，可能看不到我結婚了。」

「十年算什麼，小意思。不過如果是些爛桃花，寧可不交男友也罷啦。乾脆連結婚也免了。啊、哈、哈！葵妳就跟爺爺永遠在一起吧。」

「真是的～你到底是想看我嫁人還是不想啊……」

爺爺講話總是顛三倒四，恣意任性又自由不羈，真拿他沒辦法。

我聽說了很多爺爺過去讓眾多女子為之傾心的軼事。身為孫女的我個性卻剛毅得可怕，無論對方是男是女，只要面對人類我就習慣保持一定距離。

因此，根本不可能有什麼男朋友。

雖然說著總有一天要結婚……但我這種人真的找得到對象嗎？

時間來到當天晚上。

爺爺雖然有報備要去喝酒，但遲遲沒回家。

我看他又在外面吃好喝好，一路玩到天亮吧。真無語。至少聯絡一聲幾點回來也好啊……

雖在心裡如此嘟囔著，但總覺得心神不寧。

於是我急忙踏出家門，尋找爺爺的下落。

「爺爺、爺爺，你去哪啦！」

平時我盡可能避免在深夜外出，因為入夜後力量增強的那些非人之物，會在外頭徘徊——就為了尋找像我這種「看得見」的人類。

我警戒著四周，同時不去理會那些時而傳來的笑聲與腳步聲。

看見什麼也假裝沒看見，若無其事地走過。

然而有群身材迷你的妖怪，發現我之後慌慌張張地喊住我。

「葵大人～？」

「事情不好惹，快過來～」

是我平常在河堤邊餵養的一群手鞠河童。

他們對我揮手，直喊著「快點快點」、「趕快過來」。

一般來說，我對於會招呼人類的妖怪都特別保持戒心，但對方是手鞠河童的話應該沒什麼問題吧，於是我便跟了過去。

結果，我在一段長長的石階下方發現一個倒地不起的人影。

「爺爺……？」

我立刻衝過去確認，果然是我的祖父津場木史郎沒錯。

爺爺似乎狠狠撞到了頭，額頭鮮血直流，發出痛苦的呻吟。

雖然還活著，意識卻好像很模糊。

「爺爺、爺爺……到底為何會搞成這樣……」

是喝醉後一個腳滑摔下去？還是跟妖怪之間發生了什麼？

事情經過我不清楚，總之先叫了救護車。

我希望爺爺平安得救。爺爺，你不要死……

「……死？」

無比龐大的恐懼感與夜晚的黑暗一同朝我侵襲而來。

假如……他再也醒不過來了？

假如……他就這樣……死去？

收養了我並且養育我長大的人是爺爺。

看得見妖怪的爺爺不但不害怕，反而成為他們最痛恨的眼中釘——津場木史郎就是這樣的一個男人。

也是所有人類之中唯一能了解我的人。

直到這一刻為止，我從沒想像過爺爺某一天會離開這個世界。

因為對我而言，這是絕對不允許發生的事。

「求求你不要走，不要留下我一個人，爺爺……」

無能為力的我只能一直哭，隨後救護車趕來現場把爺爺送去醫院。

爺爺後來保住了一條命，但由於頭部受到重擊的緣故，意識一直呈現模糊狀態，甚至連我都不太認得了。

後來有一段期間狀況穩定點，在醫院度過住院生活……卻連病房伙食好不好吃也沒有任何感想，彷彿成了麻木的人偶。

而我祈求他康復的願望未能成真，爺爺就這樣維持孱弱的狀態沒多久之後離世。這樣的臨終實在平凡得不像津場木史郎的風格，但卻非常寫實。

我事先已做好他這次可能會離開我的覺悟。

然而，當他真的走了以後，我剩下的只有孤獨空虛，以及茫然無助。在爺爺晚年好友們的鼎力幫助下，我舉辦了告別式弔祭他。

來參加的人很多，有些替他的死感到惋惜，有些滿口壞話，還有些假扮成人類卻破綻百出的妖怪……

就連遺照也可以因為那副笑容太討人厭，而引發熱烈討論。

但那個主角已不復在

啊啊……我成了孤身一人。

我沒見過親生父親，又被母親拋棄，現在就連唯一疼愛我的祖父都離開了。辦完告別式，事情到此也告一段落，才開始感受到黑暗又沉重的壓力襲來。

今後我該如何是好？

視野一片灰暗，我無法懷抱任何夢想與希望。這股恐懼簡直像回到小時候被關在那間昏暗房間內，令我害怕得蜷縮成一團。

我不想再被獨自留在原地了。不要拋下我一個人離開……

——在看見妳穿婚紗前，我是不會死的。

爺爺這個騙子。我都還沒結婚耶。

爺爺，你人在哪裡？

該去哪裡才能見到你？

我不顧一切地在黑暗中奔跑。

我討厭這個地方，在這裡好孤單，這世上已沒有任何我信任且心愛的人。

我就這樣成了無依無靠的孤兒。
你就這樣把我獨留在這個世界一走了之，連句道別也沒有？
我想回到和爺爺一起生活的那段幸福時光。
我必須去找他！

「去那邊可是很危險的喔。」

背後傳來一位少年的聲音，口氣一派輕鬆，感覺似曾相識又不太確定。
這聲音讓我猛然停下腳步，回頭一看。
「……你是誰？」
出現在我身後的這位少年，身上穿著舊式的硬派青年風格學生服。
頭上的學生帽壓得很低，未能清楚看見容貌，但他的存在莫名讓我感到一陣安心。
「那邊很危險，過來。」
「不要，我要去找爺爺。」
我搖頭拒絕，試圖從他命令的力量中掙脫。
然而他默默揚起嘴角，開玩笑似地說：
「哦？那這個便當送我吃也沒差囉？」

放在他手心上的，是用包袱巾裹好的小巧物體。
那個便當……
是什麼來著？我感覺那東西的重要性非同小可。
對了，我做了便當。
但……那是何時的事？又是為了誰而做？
我會幫忙準備便當的對象，應該也只有爺爺了。
「不對喔，津場木史郎很討厭吃便當才對。」
「啊……」
對耶，爺爺其實不太喜歡吃便當。
他那個人討厭吃冷掉的東西，能有現做的熱騰騰飯菜可選擇，他就絕不吃冷的。如果有需要在外頭解決一餐，比起帶便當他更偏向選擇外食。
所以那個便當不會是爺爺的。
那我到底是為誰做的？
「還給我，我必須把這便當帶過去。」
「帶去哪？」
「這……呃……大學啦，那便當是我的。」
「哦～妳這副模樣原來是大學生啊？這可真奇怪了。」

「咦？」

回過神，我才發現自己變成年幼的小女孩。

……沒錯，正是剛被爺爺收養時的年紀。

「跟我來，我帶妳去妳想去的地方。我說過了，那裡很危險。」

「……」

少年握起年幼的我的手。

好熟悉，再熟悉不過了，這味道令我懷念得有想哭的衝動。

真不可思議，我明明從未見過這個人。

這雙手的溫度卻莫名讓我感到非常珍貴，我忍不住緊咬著下唇抽泣。

不知不覺間，視野之內已染上一整片暗紅色。

那是一條回家的路，通往我與爺爺過去共同居住的家。

在他溫暖且強而有力的牽引下，我正往思念已久的「家」前進。

這個少年想必是把迷路的我送回家。

「欸，葵。」

少年呼喚我的名字。

他為何知道我叫什麼？

少年輕快地鬆開我的手，「喏」了一聲，把手上的便當遞給我。

「我要在此跟妳告別了，這個還妳。這對妳很重要吧？要緊緊拿好。」

「……在此告別？」

明明還沒到家的啊。

然而比起這個，與少年的離別更讓我感到萬分寂寞。

少年捏著學生帽的帽簷，露出皮笑肉不笑的笑容說道：

「葵，妳要特別提防鬼。」

他突然給我一個忠告。

「鬼？為什麼？」

我想起爺爺以前好像也講過類似的話。

鬼跟人類是勢不兩立的存在。

他們十惡不赦，冷酷無情。為了野心欲望不擇手段，所有事情非得稱心如意才肯罷休……爺爺是這麼說的。

「要是遇見鬼，妳會被他們抓走的。」

「……你不希望我被抓走？」

「當然啊，我捨不得。這樣我就得孤伶伶了。」

「……」

接著少年單膝跪地，在我面前摘下學生帽。

他正面對我露出略帶寂寞的笑容。那雙凝視的眼睛，神似我最心愛的人，也像我自己。

「『那個』鬼一定會連妳的心都奪走吧。妳心裡的第一位，將不再是我。」

「……」

「但是，想永遠將妳留在身邊是我任性的願望，因為留下妳一個人先走更煎熬。所以……妳一定要過得幸福。」

葵，希望妳過得幸福。

少年僅留下這句話，並把自己的學生帽深深套在我頭上。

「——啊！」

這一瞬間的我，彷彿大夢初醒。

我維持著將手伸向前方叫住誰的動作，站在不知何處的地面。

「……爺爺……？」

我眨了眨眼，把手收回之後直直凝視著。

剛才那是……沒錯，確實是爺爺。

不知為何，剛才相遇的那段期間並不覺得他是爺爺，現在卻清楚明白那正是年輕時期大鬧隱世的津場木史郎。因為以前我曾在天神屋地底看過他的照片。

與少年時代的「祖父」相會——我不知道那是一場夢，又或是什麼。大口深呼吸後，我試圖先釐清狀況。

捏了捏臉頰發現會痛，我應該還沒死掉。

抬起臉環顧四周。

「這裡……」

我嚇了一跳。原本以為風穴打開後，我被櫻樹樹根拖入其中，但這裡看起來是那棵櫻樹的正下方，樹根在這個空間的最上方盤根錯節。

而且這裡形成一個巨大的空洞，往下看發現旁邊就有一座垂直延伸的大型洞穴，似乎直通深處。

轟轟……轟轟……

下方吹起的微風伴隨著非比尋常的不祥感一同上升。

這種感覺與天神屋懸崖底下給我的恐懼感很相似。

不對，是還要更加強烈的邪氣。

「要是走錯一步，我就掉下去了吧。」

搞不好是從這座洞穴湧現而上的邪氣，讓我進入剛才的夢境——夢見我與祖父分離的那一日。

如果繼續四處徘徊尋找爺爺的下落，也許我早已掉進洞裡了吧。

但我大概是得救了——被那個有著祖父年少容貌的少年。

我往下看著懷裡的便當，思考著如果那也是夢境的一部分，那為何要救我。此時，我的雙眼突然注意到包袱巾打結處，夾著一本學生手冊。

「對了，這是剛才在櫻花樹下撿到的。」

雖然不解學生手冊怎會落在那種地方，我還是翻開內頁，接著不動聲色地吃了一驚。

隨後眼頭緩緩泛出熱淚。

——陰陽學院三年級星組　津場木史郎

不出所料，手冊的主人是我的祖父。

「爺爺……」

我快速翻閱著，一張有著鏤空星形的白紙從中掉出，翩翩掉落在我的腳下。

我毫無頭緒，不過，剛才解救我的大概是留在這本手冊中的「某些東西」吧。這裡是迷宮牢獄，而那個人可是津場木史郎。最擅長為人類與妖怪帶來驚奇的他，是個能化不可能為可能的男人。

謝謝你，爺爺。

我重新想起自己是誰，以及此行的目的是什麼了。

在這裡發現的祖父遺物——學生手冊被我收進胸口裡，雙手專心抱起便當盒，我繼續前進。

洞穴外圍繞著一圈圈螺旋狀的緩坡。

洞壁的側面有數間牢房，我在心中想像著這裡過去應該關過許多罪人與剎鬼吧。

不小心看見了幾具屍骸散落在地上。

原本以為自己會心生恐懼，結果不然。

湧起的情緒反而是悲傷與空虛，想起那些徘徊在迷宮內的可憐孤魂。它們應該是滅絕於此的亡靈吧……

銀次先生的狐火原本負責打頭陣，這時在某間牢房前停了下來。

我往牢內窺探。

那隻鬼背靠岩壁，靜靜地坐在地上。

「大老闆……不對……」

我做了一次深呼吸，然後呼喚他的名。

你的名字是……

「剎。」

坐在深處的鬼微微抖了一下肩。

我伸手握住鐵柵欄，呼喚著我想念已久的鬼所擁有的名。

他一時半刻沒有任何回應，後來總算緩緩抬起臉。

「……是葵……嗎？」

那對深紅色的眼瞳在黑暗中依然閃耀光芒。

「對，是我。大老闆，我來接你了！」

「為何？」

他的聲音好冰冷，深紅雙眼彷彿也帶著疏遠的抗拒感。

「為何來到這裡？這裡不是妳能待下去的地方，快回去。我已經……」

「大老闆……」

那雙眼即使虛弱，仍帶著鬼應有的駭人。

一瞬間我回想起初次遇見大老闆並被帶來隱世時的恐懼，但這股害怕隨即煙消雲散。

因為我早已了解大老闆的各種面貌——他的溫柔、他的古靈精怪、他的可愛。

「大老闆……不，剎。」

「……」

「總算知道你的真名了。」

我把一路上抱在懷裡保護，為了他而準備的便當盒穿過鐵柵欄遞向牢裡。

然後毫不猶豫地告訴他。

「我喜歡你，請娶我為妻。」

沒有任何拐彎抹角，最直接的求婚。

然而這正是我最真實的心意與心願，也是我對他抱持的戀慕之情。

大老闆一瞬間露出純真的表情，從長長的瀏海縫隙之間目不轉睛地注視我。隨後卻馬上皺起臉，在原地紋風不動，僅撇過臉不看我。

「住口，別撒那種謊……」

「真失禮耶，我才不撒謊的。」

「騙人，沒有任何人會愛我。實際上妳一開始也拒絕了不是嗎？拒絕跟我成親。」

所以大老闆似乎是不願意相信我吧。

這也不怪他，我當初確實拒絕了他，否定那樁婚事。

而且還是斬釘截鐵狠狠地拒絕。

「葵，妳回去。」

他加強語氣如此命令我。

「我對妳沒有任何情愛，跟妳的婚事只是基於『約定』罷了。」

「……」

我將便當放置一旁，拿起腳邊特別尖銳的石子反覆敲打著牢房的鎖，試圖將其破壞。

但牢房的鎖似乎被設下特殊的詛咒，別說破壞了，反作用力還劃破我的手與指頭。

而我仍然不死心。

大老闆緩緩站起身，可能是看不下去我繼續胡來吧。

「住手，葵，別白費力氣了。」

「不要，我不會放棄的。」

我用盡一個柔弱人類女子的所有力氣，不顧一切地敲打著鐵柵欄上的鎖。

「大老闆你真過分，輕易地否定我的心意。也不想想我繞了多少遠路，才終於歸納出這個答案！」

回過神時，發現自己正淚流滿面。

「要是被我喜歡真讓你這麼為難，一開始就別擄我過來，別對我那麼好！何必不惜賭上性命也要救我！」

手中的石頭迸裂，碎礫四散，飛快劃過我的臉頰。

我用手擦拭隨之流下的血。或許是這個動作的緣故，反而在臉上抹出一大片血痕。

不過沒關係，反正這些全會被我的淚水沖刷掉。

「你太狠心了，單方面把我抓來這裡，讓我對你產生好感，如今卻打算疏遠我。都已經喜歡上了，我有什麼辦法！」

我原地蹲下，抱著石頭往前蜷縮並放聲大哭，任臉上淚水流淌。

雖然早知道結果，但親耳從大老闆口中聽見「我對妳沒有任何情愛」讓我意外大受打擊。

即使如此，對我而言這仍是第一次體驗到的感情。

「你不用愛上我也無所謂……我當然知道，我早就發現了。」

「不，我……」

「但你立下了約定不是嗎？那就負起責任娶我為妻，永遠陪伴我！」

「……」

「然後我也會永遠在你身邊，我不會再離開你了。」

我到底在胡說什麼強人所難的話。

大老闆想必感到很困惑吧。

但若不使用這種說法是無法傳達給他的——傳達我內心深處真正的心意。

「你是我的『第一位』，別把這份心意當成謊言。」

我確確實實愛上了你。

有別於我對兒時救我一命的妖怪所產生的淡淡情愫，也不同於我對祖父的愛。

這是與你坦誠相對、深入理解後而萌生出的，無庸置疑的愛情。

我一直以為自己不可能喜歡上誰。

可一旦愛上一個人，是無法偽裝的。加速膨脹的感情已無法抑止，也不想抑止。

「葵……」

一隻冰冷的手輕輕擦去我眼旁的淚水。

我驚訝地抬起臉，發現大老闆從柵欄縫隙中伸出手。

即使模樣有些蓬頭垢面，那雙閃耀著深紅色光芒的眼睛仍未失去原有的美。

好想再靠近點看著那雙眼睛，但阻隔我們的這道東西堅不可破……

「？」

然而，身旁的銀次狐火此時突然朝鐵柵欄上的鎖撞擊而去。

狐火隨後發出巨響猛烈燃燒起來，不一會兒後消失無蹤。

「啊！」

鐵柵門隨之敞開，大老闆與我面對面，我們之間已不存在任何阻礙。這一切簡直就像銀次先生幫忙從中推了一把。

大老闆撫上我的臉頰並問道：

「……葵，這樣的我，妳真的不嫌棄嗎？」

我回答他。

「我的新郎非大老闆莫屬，我可不覺得自己還能像這樣愛上其他人。」

如果你不懂，我就讓你明白。

我一把揪住大老闆的衣領把他拉過來，將自己的唇疊往他的。

明明是我氣勢洶洶地採取主動，卻感覺自己的雙唇顫抖著。

隨後，我們在至近的距離下凝視彼此。

「我說過了，要你負起責任娶我為妻。」

沒錯，我要嫁給這個在世上最受眾人畏懼的鬼。

大老闆摸著自己的嘴唇。

「真、真厲害啊葵，妳太有男子氣魄了！」

他顫抖著，不知是出於害臊還是動搖，又或是恐懼。

我則是擺出坦蕩蕩的態度。

「是大老闆你太優柔寡斷了，爭氣點啊！」

在這種場合下訓了他一頓。

總覺得好像有點回到平常的相處模式了，我們彼此噗哧一笑。

「欸，大老闆。把便當吃了，裡面還有『你最愛的食物』。」

「……」

我再次把便當遞給他，半強迫地讓他接下。

大老闆打開包巾後「噢？」了一聲，眼睛瞪得圓圓的，對內容物感到驚奇。

那是我被帶來隱世的前一刻，在現世的神社裡請他吃的第一個便當。

主菜是清爽的梅肉風味薑汁豬里肌。

甜中帶點微辣的金平風味炒蓮藕、最適合用來改變味道的燙小松菜、意外下飯的柴魚片炒鴻喜菇與舞菇，以及最重要的——大老闆最愛的蔥花雞蛋捲。這是今日便當的重點，放得特別多。

「妳知道我愛吃什麼了是嗎？」

「那當然，那麼明顯的提示還沒發現的話，我這個料理人也太失職。」

「可是妳至今為止都毫無查覺啊。」

「唔……因為很難兜在一起聯想嘛，誰會想像得到鬼喜歡吃雞蛋。」

但實際得知後，覺得這喜好實在很有大老闆的風格，和他一樣親切又溫暖。

這是我的真心，也是我立下的誓言。

從今以後無論發生什麼事，我都會在他身邊支持他。我想每天為他洗手做羹湯，也想鑽研並且開發更多他喜愛的料理。

大老闆拿起筷子，在這種場合仍合掌說了一聲「我開動了」，率先夾起那道蔥花雞蛋捲送入口中。

他細細品嘗，同時也享用其他配菜，填飽飢餓的自己。

「啊啊……飢餓與孤單果然是最難熬的，有時就快被它們拉進無盡黑暗之中，但只要品嘗美食就能立刻得到救贖。」

「我能明白這種心情。」

「不過空腹也是最棒的調味料。這個便當肯定比我至今為止吃過的所有東西還來得美味，我最愛的這道更不用說了。」

接著，大老闆又夾起一塊雞蛋捲。

起初慢慢品嘗的他越吃越快，最後吃完了整個便當。

「不用吃得這麼急啦。只要跟我結婚，我就每天做便當給你吃，雞蛋捲也任你吃到飽。欸，怎麼樣？有沒有想結婚的衝動了？」

「……真沒想到會有被葵逼婚的這一天。」

大老闆露出苦笑，把吃得一乾二淨的便當盒規規矩矩地用包袱巾包好。

「不過，其實這是妳第二次主動說想當我的新娘呢。」

「……咦？」

「妳肯定不記得了吧……不過真是敗給妳了，連讓我求婚的機會都不給。」

大老闆輕聲咯咯笑著，彷彿回到了「原本」的他。

接著——

「葵，妳的心意讓我十分欣慰。而我現在，內心對妳感到無比憐愛。」

大老闆用寬廣的雙臂緊擁住千里迢迢來到這裡的我，在我耳邊如此低語。

「這就是所謂的愛情嗎？總覺得胸口好難受。感覺好想就這樣一死了之，又好想活下去。」

「喂，活下去。」

啊啊，這副樣子果然是他沒錯。明明被喜歡的對象浪漫地抱在懷裡，我卻忍不住吐嘈。

嗯，不過他還是保持這樣最好。

我也用力回應他的擁抱。

「被關進這裡之前，我的靈力已被大幅削弱。不過吃完妳做的便當後恢復了大半，我現在感覺自己彷彿無所不能。」
大老闆緩緩放開我，站起身並稍微伸了個懶腰。
我也拿著空便當盒站往他身旁。
「既然葵都願意做我的妻子了，我可不能就這樣被推入地獄底部活埋啊。」
「這算什麼啊，剛才明明還說什麼對我沒有情愛啦、不喜歡我啦。」
我刻意的挖苦讓他焦急地辯解。
「我才沒說不喜歡，況且這是所謂的婚前憂鬱啦！現在的我恨不得快點跟葵成親！」
「……竟然惱羞成怒，真令人傻眼。」
那個語帶威嚇、孱弱無力的大老闆去哪了？
但我不禁輕笑出聲，大老闆這個人果然很可愛。
「好啦，就是要保持這股氣魄，大老闆。總算變得正向點了呢。」
「多虧有妳來到這裡。葵，妳是我的希望。」
接著他向我伸出手。
我握了上去並點點頭。
「我也一樣，我已下定決心……要與你共度此生。」
這份戀情、遠昔的約定，以及我們的相遇……一切的一切都值得感謝。

我們將在隱世結為夫妻。

靈力已恢復的大老闆抱起我，蹬著岩壁與洞頂而上，逃出櫻樹下的風穴。我們與在原地等待的竹千代大人順利會合。

「葵！」

「竹千代大人！幸好您平安無事！」

我和竹千代大人激動地抱在一起，確認彼此無恙。

他剛才哭了吧？瞧他滿臉淚水，我用袖口替他擦了擦。

大老闆則在竹千代大人面前跪下。

「竹千代大人，您已經長大成人了呢。上次見到您的時候，還是個小小嬰兒。」

對方一臉呆愣，似乎沒什麼印象。

大老闆再次深深低下頭行禮。

「竹千代大人，勞駕您前來到這種地方，感激不盡。」

「我只是想回報葵的恩情罷了。」

竹千代大人換上嚴肅神情，以充滿王族風範的凜然態度面對大老闆。

「況且，是時候該請對雷獸言聽計從的祖父大人醒醒了。」

「真巧呢，我也有相同的想法。」

意見相同的兩人彼此露齒一笑，似乎打著什麼算盤。

雖然順利把大老闆救出那個地方，但接下來才是勝負關鍵。

八葉夜行會即將在地面上舉行。不，或許已經開始了。

代為出席的白夜先生與銀次先生，應該正為了挽回大老闆的名譽奮戰中。

「我們必須加快腳步了。」

「是啊，趕緊回到地面上吧。那棵櫻花樹扮演著看守的角色，發現我逃脫，應該差不多要抓狂了。」

就在大老闆說話的同時，那棵巨大櫻花樹再次颳起暴風，吹起漫天櫻花花瓣，並猛力揮舞著枝幹，拚了命地想抓住我們。

大老闆單手抱起竹千代大人，另一隻手則拉著我，快步衝往迷宮裡。

接下來我們循著迷宮前進，尋找通往地表的升降機。只要再次借助竹千代大人的力量，一路尋找雙同心圓的櫻花紋並開道前進，要破解這座迷宮其實意外容易。

踏入去程所搭乘的升降機，按下通往地面的按鈕，開始往上方移動。

然後我們順利回到了原本的研究室。

「啊～沒想到地鼠先生是不擅長撒謊滴那種人呢～」

「唔唔唔！沒想到跟小不點玩抽鬼牌會陷入苦戰！」

「這是把我關進昆蟲箱滴懲罰～我可不是蟲蟲～」

「我都跟你道過歉了嘛～」

砂樂博士還在原地，似乎跟小不點一起等著我們歸來。

看來小不點仍對被砂樂博士關進昆蟲箱一事記恨，用抽鬼牌遊戲報一箭之仇。

是說為何是抽鬼牌？從哪裡生出撲克牌的？

「啊！葵小姐他們回來惹～還有鬼先生～」

小不點扔下手裡的牌急忙跑了過來，撲向我的腳邊。

「我回來了，小不點，還有砂樂博士。」

「嗯嗯！我就知道小嬌妻和竹千代大人一定會成功的。」

砂樂博士一臉堅信的表情。他看竹千代大人剛經歷一場絕命冒險，於是遞了熱茶與擦手巾給他，讓他在原地稍作休息。

然後……

「大老闆，歡迎回來。」

「砂樂，沒想到你願意大老遠跑這一趟。」

「那當然，畢竟古早以前負責開挖地底層的人正是我啊。也就是說，我這個妖怪才是隱世的千古罪人。」

砂樂博士抬頭望向大老闆，露出為難的苦笑表情問：「您應該恨不得把我埋了吧。」然而對方搖了搖頭。

「才沒這回事，我一直把你視為重要的家人，砂樂。」

「哈哈！可真敗給您了。」

「你利用那份研究中獲得的知識至今為止救過我無數次，從今而後也將是我的救贖，不是嗎？」

「……嗯，我是這麼想的。」

大老闆與砂樂博士用溫暖的眼神互視並對彼此點點頭，彷彿一對互相理解的摯友，又或是更親密的家人一般。

「我絕對不允許再讓大老闆身陷那種牢獄。更何況妖王原本還打算把大老闆當成吸收邪氣的『裝置』——可以說是妖王家為了讓自己所統治的隱世維持和平而獻祭的犧牲品。他打算等大老闆的力量被削弱到一定程度後，將其推入那個地獄深處。」

砂樂博士問向我：「看見那座垂直延伸的巨大洞穴了吧？」

我皺著眉點頭。

「他們在秋天的尾聲把大老闆召來妖都，打從一開始就是為了這個目的？」

「我認為正是如此，小嬌妻。計畫的開端，始於大老闆受妖王召喚那時。主要是來自雷獸的提議吧。那傢伙熟知當地底邪氣竄出地表後，民不聊生的世界會是什麼模樣。因為妖怪所棲息的另一個世界……『常世』已有部分地區陷入這樣的狀態。」

「……」

雷獸。

他備受妖王家看重的原因，恐怕就在這裡吧。

據說他的忠告與建言，可以左右隱世的未來。

「我在迷宮牢獄裡看見好多徘徊的靈魂。」

「喔喔，應該是過去被封印在洞裡的剎鬼吧。為了抑制地底湧出的邪氣，為數眾多的剎鬼被關進那裡，吸收邪氣的能力遭到利用。」

以前我在宮中某座幽靜之處，曾看過墓碑的存在。

難道正是為了那些被推入洞穴封印，直墜地底深處的剎鬼們所立的？

至少在形式上祭悼他們的意思嗎？

「好了，八葉夜行會就在正上方舉行喔。現在白夜跟小老闆正努力著呢。」

「砂樂博士你呢？」

「我還有事情要留在這裡完成。別擔心，樣本到手之後我隨後就趕上。」

樣本……？

還沒來得及問清楚詳情，大老闆便向我伸出手說：「葵，快出發吧。」我將小不點放到肩上，把竹千代大人交給砂樂博士照顧之後，握住大老闆的手。

此時，兩隻鐮鼬身手輕巧地降落在我們面前。

是才藏先生與佐助，他們在大老闆面前下跪行禮。

「八葉夜行會的會場位於宮殿最頂層的天上廳是也。」

「在下會排除所有阻礙，帶兩位抵達是也！」

大老闆滿意地對兩位可靠的天神屋密探點點頭。

然後他專注地凝視前方並開口。

「出發吧，去把屬於我們的未來贏回來。」

插曲

白夜，出席八葉夜行會

我是天神屋的會計長，白夜。

「真是太好啦，白夜。有那麼一個女孩子出現在大老闆面前。」

在分頭行動之前，砂樂如此對我說。

「一直以來孤身過活的那孩子，終於找到伴侶了。」

「哼，現在高興還太早。前提是大老闆平安歸來天神屋……並且在雙方協議之下決定結為連理。」

「當然，我不會讓他們錯過那個未來就是了。」我帶著諷刺笑容說道。

葵向我表明了她對大老闆的心意。

由此可證，那個丫頭也不會錯失機會吧。她擁有讓大老闆重見天日的力量與膽量，是我認證過的大老闆之妻。

既然如此，我也很清楚自身的任務了。

那就是守護他們的未來。

今晚的八葉夜行會正是關鍵時刻。

這場集會將在妖王所居住的宮殿之最頂層——「天上廳」舉行。

八葉夜行會召集治理隱世八方大地的八葉齊聚一堂，針對推動隱世後世的各項重要議題進行審議。

「天神屋八葉代理——白夜大人、銀次大人到場。」

我與小老闆銀次殿下一同嚴肅地進入會場。

所有視線一口氣朝我們聚焦過來。

想當然耳，這次議題的主角正是我們。

「會計長殿下，可以感受到大家強烈的注視呢。既冰冷又不動聲色，難以捉摸。」

「哼，這點程度不值得一提。別被高等大妖怪的惡意壓垮了，小老闆殿下。」

「是……」

各地的八葉已幾乎齊聚現場。

東方八葉——海門市場的龍右衛門，海龍首領。

東南八葉──大湖串糕點的石榴，洗豆妖首席甜點師傅。
南方八葉──折尾屋的亂丸，折尾屋大老闆，犬神。
西南八葉──八幡屋的反十藏，八幡屋當家，一反木綿。
西方八葉──朱門山的葉澄，朱門天狗少當家。
西北八葉──文門大學院的夏葉，文門大學院院長，文門狸。
北方八葉──冰里城城主清，唯一尚未到場。
最後是我們東北八葉──天神屋的大老闆。缺席。由我會計長白夜代理出席。

依照八葉夜行會規定，可各自攜帶一名親信列席。多數八葉都會指定組織內的幹部隨行，根據各地組織構成不同，也有可能是八葉本人的妻小或手足。

至今為止我都是以隨行身分列席，但這一次以代理大老闆的身分與會，隨行的親信由小老闆銀次殿下擔任。

無論今晚決議的結果如何，都必須讓小老闆親臨現場體驗過一次。這是為了……今後的天神屋著想。

「白夜殿下，您真是姍姍來遲耶。這次果然為了各方面的準備而焦頭爛額吧？噢不，應該說找援軍串通比較正確吧？」

「龍右衛門殿下。」

這麼一說才發現，這男人就坐在旁邊。

東方大地八葉——海門市場的龍右衛門。

身為海龍的他是個彪形大漢，有一身醒目的藍色鱗片與細長的嘴鬚。原本以為是個豪爽又海派的漢子，但那只是對強者阿諛諂媚的虛假表象，意外有著棄弱者於不顧的無情一面。

簡單來說，天神屋對這男人而言已經沒有利用價值了。

真是無語，見風轉舵比誰都快。

「不過也真是辛苦您，也辛苦天神屋啦。繼任的大老闆候選人決定了嗎？首領的交接要是有個閃失，組織本身就等著分崩離析囉。」

「東方大葉龍右衛門殿下，嘴巴請放乾淨些。」

我大力收起掩在嘴邊的摺扇，斜眼瞪向他。

「我們還沒有放棄『大老闆』，但也沒打算向你這種背叛者求助。我們跟你早已分道揚鑣。」

「什……」

現場的空氣瞬間凝結。

畢竟在場的出席者之中，有一半都是抱持著把大老闆從天神屋「領導人」或是「八葉」位置拉下來的想法而來的。

龍右衛門殿下氣得發抖，扯開了嗓門怒罵。

「真、真是無禮！區區一個天神屋會計長！天神屋的光輝時代已不復在！過了今晚，你們那個大老闆也——」

「相公！別再說了，成何體統！」

海龍夫人拍著丈夫的膝蓋安撫他。

海門市場是由海龍夫婦攜手管理的，夫人擔任副手。

我記得夫人好像比較偏袒天神屋這方，不過在丈夫的獨斷下最終只能背棄，她一臉歉疚的表情待在一旁。

「抱歉，來遲了……」

北方大地八葉，清殿下總算在此刻登場。與其同行的是春日，也是我們天神屋的前員工。不，現在她已是清殿下的夫人，該稱她為冰里城的春日妃吧。前些日子才身受重傷的她拖著病體前來，除了擔任清殿下的隨行親信，最重要的目的是為了天神屋。

春日的舉手投足之間絲毫不像帶傷上陣，噘著嘴唇露出略帶不滿的表情。

「啊～真是令人不爽，不知道是誰家的人擺明了來找碴，害我們的飛船無法停在泊船口。」

「好了啦，春日！」

「在這裡保持謙讓也沒意義啦，阿清。大家都恨不得把別家的八葉踢下去。」

春日還是一樣粗枝大葉，但她似乎比清殿下更清楚這種場合該擺出何種姿態來面對。

北方大地的冰里城歷史悠久，其八葉理應受到全場的敬重，但由於近數十年來都是由代理人與會，存在感一直很低。

這兩人都還年輕，如果能營造出新氣象，撼動早已僵化的八葉，甚至是更高位的掌權者，那是最好不過了。

「啊，是大湖串糕點的豆大福，太棒啦～」

「春日，妳還是一樣這麼粗神經呢。我還聽聞妳身受重傷，真是白替妳擔心了。」

「呃！都忘了院長婆婆的存在！看起來傷勢不重只是因為止痛藥起了作用而已啦～多擔心我一下嘛！」

春日一邊如此說，一邊毫不客氣拿起招待的茶點豆大福塞滿了嘴。在旁冷眼瞪著自己孫女的正是西北八葉，文門大學院的院長夏葉殿下。

她指派文門狸到各地蒐集情報，讓自己在局勢中常保優勢，此外還有個在宮中擔任右大臣的兒子——家康公，恐怕是八葉中現在最具影響力的一位。

文門狸目前對我們而言非敵亦非友，在今晚的會議中應該會正式表態……

「真是的，為什麼有小毛頭坐在這裡參與八葉夜行會呢……今晚真令人擔憂。」

「你還真有臉說，若是你們家的笨兒子坐在這裡才比較令人冒冷汗。」

「唔！我就說小犬正在重新接受管教了，夏葉殿下！」

「我倒認為沒救了，聽說反之介去加入天神屋，從打雜的幹起呢。」

「啥？什麼？我可沒聽說有這回事！」

西南大地的八葉——八幡屋的反十藏殿下從對方口中得知兒子的消息，藏不住困惑與驚訝。穿著袴裝、披著長版外褂的他有著一張四四方方的臉，是個思想老舊的頑固老爹，對自家人寵溺無度，對外人與員工卻十分嚴苛。由於之前發生過他們家笨兒子反之介發砲攻擊天神屋的事件，八幡屋與我們的關係目前陷入冷戰中。

想當然在今晚的議題上，無法指望他們會站在天神屋這邊。不過……

聽起來大老闆似乎邀請那個笨兒子來天神屋，這也令我感到擔憂。我得好好嚴加訓練他才行了。

「好了好了，各位，先嘗點甜的活絡一下腦袋吧。在糖分不足的狀態下，能不能撐過今晚可難說了。」

西南大地的八葉——大湖串糕點的石榴露出妖媚的微笑，推薦自己製作的和菓子。

過去曾在天神屋經營茶館的她，現在則以隱世首屈一指的和菓子師傅頗負盛名。

身為大湖串糕點屋當家的她，擔任八葉其中一角。

她也曾是大老闆的同窗，據說被葵成功說服，那麼……

就看最後關頭，她是否會在身為洗豆妖的立場下仍選擇支持我方了。

「老哥，你又不是第一次參加八葉夜行會，為何緊張得全身僵硬啊，真難看。」

「少、少囉唆，葉鳥！是說我為何非得帶著你這傢伙同行啊。」

「這有什麼辦法！老爸現在眼中只有長孫，其他天狗也被他使喚來使喚去，全都累趴了。能同行的只剩下你老弟我本人啦！」

「啊啊……真想快點回去，好想見鷹子還有我的孩兒。」

這位年紀老大不小卻緊張兮兮的，正是西方大地的八葉——來自朱門山的葉澄殿下。

在一旁陪同他的竟是那位吊兒郎當的葉鳥，這令我有些意外。不過以我方立場來說，多一個盟友再好不過了，是好事一件。

「葉鳥先生一直朝這裡眨眼，好像在吸引我們注意耶。」

「別跟他對上眼，小老闆。他說服葉澄殿下有功，所以想跟我們賣人情吧。日後可是會被他敲一筆的。」

我們默默地閃避著葉鳥投射而來的眼神……

「對了，葉澄殿下。聽說你剛喜迎子嗣誕生，可喜可賀呀。我們旅館也承蒙府上的葉鳥照顧，以折尾屋的名義送了賀禮過去囉。」

「實、實在感激不盡，亂丸殿下。」

直到剛才都一語不發的南方八葉——亂丸殿下，總算開了口。

沒多久以前他還是位新上任的八葉，如今舉手投足間已散發出大將之風。

或許是順利完成儀式後變得游刃有餘吧。對於天神屋來說，折尾屋是最強大的盟友，甚至可以說他們的後援將左右最終結果。參加前次八葉夜行會時，我從未料到這個男人在將來竟會變得如此可靠。

「亂丸大人，他差不多快來了。」
「噢，得收起無禮的態度了呢……在那個天打雷劈的大爺面前。」
擔任折尾屋小老闆的秀吉似乎感應到什麼，從亂丸身後提醒他。亂丸心不甘情不願地重新端正坐姿。
緊接著，拉門應聲敞開。
「哎呀哎呀，大家過得還好嗎～？」
啊啊，最不想見到的那傢伙頂著一張厚顏無恥的表情踏入室內。
是在宮中掌握大權的雷獸。那傢伙穿得比平常更加華麗又俗氣，甚至讓我想吐。
不僅如此，他一屁股坐在原本屬於妖王的主位，狂妄地把手肘靠在扶手上撐著下巴，一臉彷彿勝券在握的暗爽笑容，藐視著眾人。
何等卑鄙又愚蠢之人！在場的八葉無不低頭行禮，然而——
「雷獸，你太不敬了，給我離開主位。」
我以摺扇掩嘴出聲警告他，沒有任何向他低頭的意思。
反觀雷獸，露出一臉滑稽的表情，同時用小指挖著耳朵說道。
「哦？喪家犬白夜好像有什麼意見耶。你早就沒立場對我大小聲了吧？打算以宮中重臣自居到何時？」
「那是妖王的大位。真要說起來，沒權限參加八葉夜行會的是誰才對？你這傢伙能在宮中為所欲為地動歪腦筋，也只到今晚為止了。」

「好好好，感謝你的死鴨子嘴硬。你已經不構成任何威脅啦，白夜。」

雷獸露出從容不迫的可恨笑容。

這個極其無禮之徒，竟然吩咐在外待命的女官端酒過來。

是打算提前慶祝嗎？八葉夜行會明明都還沒開始。

「胡鬧就到此為止吧，雷獸。」

當所有人的注意力都在雷獸身上時，妖王從那傢伙打開後就沒關上的拉門外現身。

「隱世第六代妖王陛下入場。」

這位姿態神聖的妖怪有著一頭粉紫漸層的頭髮，虹膜裡映著雙同心圓的紋樣，這些特徵可說是繼承妖王家力量的鐵證。

見隱世的現任妖王駕到，八葉們急忙跪拜行禮。

「感謝諸位今日齊聚而來，起來吧。還有，雷獸，這是我的位置，可以讓開嗎？」

那隻蠢雷獸還坐在主位上，在妖王大人命令下才不情願地讓位，臉上卻又浮現詭異的笑容，彷彿想到其他樂子。

雖然很在意雷獸的陰謀與意圖，不過……

今晚的決勝關鍵在於能讓這位大人回心轉意多少。

「咯呵呵！沒用的啦，白夜，妖王已經鐵了心。」

雷獸令人戰慄的聲音從背後傳來。

「！」

我一陣愕然。意思是他避開了我的「心眼」，不知何時移動到這裡？

「啊哈哈哈哈哈！白夜驚訝的表情蠢得害我笑歪了，笑得肚子好疼！」

雷獸的笑聲響亮得令人厭惡，眾八葉則對他的言行舉止難掩困惑。

他熟知妖怪愛好的戲劇性，試圖操弄事物，按照自己所安排的劇情發展。

只要是八葉，都曾被這男人掌握把柄、出手妨礙吧。無人敢忤逆他，是因為妖王大人很重視那傢伙的存在，尊重那傢伙的發言。

其原因為何，我很清楚。因為他擁有關於某個世界的知識，明白其走上「末路」的原因。

「打擾各位的集會真抱歉呀～不過今晚的八葉夜行會說起來呢，本來就毫無意義嘛。」

雷獸緩緩穿過四四對坐成兩列的八葉，用誇張的舉止開始說道。

「雷獸大人，您這番話究竟是什麼意思？」

小老闆銀次殿下忍不住提高聲量。

雷獸瞇起雙眼並伸出手指抵在嘴邊，繼續胡說八道。

「因為呀，你們似乎要在這裡決定天神屋大老闆的去留，但這種無聊的討論根本不重要啊。那傢伙是邪鬼……不，是剎鬼的後裔。就跟那邊那位冰人族的小少爺一樣，都是隱世原住民的後裔。」

雷獸用冰冷的眼神蔑視北方八葉，清殿下。
清殿下在對方壓力下板起嚴肅的表情隱忍著，春日則握著他的手。
雷獸高聲笑著，然後繼續說道。
「我想在場的八葉大多數都是來自常世的移民族群，那麼為何當初要舉族移居到這個隱世呢？為什麼所有人都遺忘了如此重要的初衷呢？」
大湖串糕點的石榴回答了這個問題。
「才沒有忘記，原因在於常世紛爭不斷。所以我們洗豆妖才打頭陣，率先從常世遷徙到隱世來，因為我們一族不擅於鬥爭。」
「沒～錯沒錯。結果多數的洗豆妖慘死在那群原住民剎鬼手下，被獵食了對吧。」
「……」
石榴無言以對。
雷獸見狀便在原地轉圈，似乎很愉悅。接著他仰天繼續說道：
「那麼，各位認為常世那個世界為何變成人類與妖怪紛爭不斷的亂世呢？原因只有一個——為了爭奪可以棲息的『土地』。」
「土地？」
現場掀起一陣小小的騷動。
然而，我對雷獸正要闡述的內情，了解得並不比他少。我用力瞪著眼睛。

「常世同時由人類與妖魔的君王分別統治，是個規模遠大於隱世的高文明世界。對了，妖怪在常世被稱為妖魔。然而從某個時期開始，地底的邪氣外洩，造成部分地區生靈塗炭。」

沒錯。

邪氣對於妖怪來說有毒，充滿邪氣的土地無法做為妖怪的棲息之處。

「所以妖魔們出於無奈只好開始掠奪人類的棲息地。人類與妖魔的鬥爭產生仇恨的連鎖，結果戰火蔓延了漫長的時代。國家反覆分裂、滅亡，再怎麼新立君王也無力回天。然後……這正是隱世即將步上的後塵。」

「……」

「我是不清楚在場的八葉之中，有多少人已發現到隱世地底外洩的『邪氣』啦，總之邪氣的根源就存在於這座舉行八葉夜行會的宮殿正下方。在古～～早以前，妖王家渴求靈力資源而進行地底挖掘作業，過度開採導致誤挖到長埋於地底深處的禍患啦～～」

妖王大人暫時閉上眼，隨後緩緩睜開。

然後他用憂鬱的聲音向眾八葉娓娓道來。

「正是如此，雷獸所言屬實。因此我們將眾多具有吸收邪氣能力的『刹鬼』封印於這座宮殿的地底，甚至包含隱世各地。簡直……把他們當成平息神怒的『活祭品』。」

所以大老闆以前也被封印於鬼門之地的地底。

南方大地也有一度被靜奈不小心解除封印的邪鬼。

隱世長久以來能保持安泰，可以說是用這些被封印於大地的剎鬼所換來的。

「然而，存在於這妖都地底的巨大洞穴所湧出的邪氣已瀕臨突破封印的極限，緩緩外洩，這妖都被邪氣汙染也只是遲早的事了吧。」

等到事情真的發生，一切將為時已晚。

隱世也將展開土地紛爭——妖王繼續說。

然而雷獸搶了話，開始自說自話。

「沒～錯沒錯。首先呢，妖都將會變得無法居住～然後覬覦土地的妖王家就會開始褫奪某些八葉的領地吧。」

「？」

「嗯～我想想喔……」

他瞥了朱門山的葉澄殿下一眼。

「比如說，西邊那座地盤穩固、聖氣圍繞的朱門山之類啊。」

「什……」

雷獸的發言讓葉澄殿下難掩內心動搖。

他很清楚朱門山打算支持天神屋。

「天神屋那群蠢蛋，似乎偷偷摸摸在檯面下串通各方，但全都是白費工夫啦。因為你們必須為了隱世的未來做選擇——那就是把大老闆……封印在地底。」

「我有異議。」

我將摺扇用力壓在榻榻米地板上，提出反對意見。

「就算把大老闆一人封印於宮殿底下的洞穴中，能影響的範圍也有限。既然隱世面對的威脅是邪氣，那就應該尋求別種更有效率的封印方式或是淨化手段。我們必須依靠隱世的賢者或現世的智慧來另尋其他方法，而不該重蹈常世的覆轍。」

我的意見被雷獸嗤之以鼻。

「白夜～你明明最清楚常世的末路，還好意思癡人說夢啊？要是能如此輕易找到替代方案，常世也不會落得如此下場！你說光憑大老闆一人太勉強，但這不失為一時的權宜之計，不是嗎？」

雷獸用可憎的口氣挑釁我。

「一隻鬼的壯烈成仁可讓全隱世得到救贖，還是你選擇在隱世點燃領地爭奪的導火線？這會讓多數妖怪被犧牲。你分明看過那麼多的前例了……白夜。」

「……雷獸，你這傢伙！」

「別那樣瞪我嘛，我是必要之惡。我做出的選擇在當下看起來或許邪惡，但終究是為了隱世好。正因如此，上一任妖王才會選擇重用我，並非你。」

「……」

「過去我阻撓南方大地儀式一事，也是為了讓那些在隱世過慣和平日子，沒有危機意識的妖怪們了解常世的穢物有多可怕。從最終結果來說，我都是在行善。」
我保持許久的沉默。
雖然不想承認，但雷獸所言確實也有一番道理。然而……
「開什麼玩笑，你的意思是就為了這種理由，磯姬大人必須一死嗎！」
第一個起身反抗雷獸的不是別人，正是折尾屋亂丸。
「亂丸……」
在後方待命的小老闆銀次殿下，也咬牙忍耐著對那傢伙的怒意。
亂丸與小老闆過去在折尾屋的儀式上受雷獸阻撓而失敗，痛失了他們所侍奉的南方八葉「磯姬」。
「你說這是為了提醒隱世妖怪？壯烈成仁？隱世的必要之惡？別鬧了。犧牲完磯姬大人，現在輪到天神屋大老闆是吧？你只不過是自詡為神，以看戲為樂。欣賞著傀儡們被你操弄於股掌間，掙扎並陷入混亂中！」
這股怒意恐怕一直都在他心頭燃燒不止。
從磯姬死後這三百年以來。
「我死也不會認同你。我們才不需要你的意見，也絕不會照你的劇本走下去。我要把這一切破壞殆盡，從今以後、永遠不會讓你稱心如意。」
面對劍拔弩張的亂丸，雷獸露出些許，不，是頗為不快的表情，隨後說道：

「隨便你怎麼想都無所謂啦，亂丸老弟。反正你跟白夜忤逆我也改變不了任何結果。不過……」

雷獸斜眼看向坐在主位上靜靜凝望這一切的妖王大人。

他臉上的表情彷彿在問妖王：「你明白該怎麼做吧？」

「妖王想的跟你們不一樣。況且其他八葉也不像你們如此愚昧吧？快做下決斷吧，你們將決定隱世的未來！」

八葉夜行會在雷獸掌握氣氛之下，已成了他的一人舞台。

他似乎還不打算住嘴，然而——

「夠了吧，雷獸。」

妖王大人一句話阻止他繼續失控。

「啥？啊啊，好吧，妖王。」

「……那麼，來進行表決。」

「！」

妖王大人打算在眾八葉難以下決定的此時此刻，馬上對今晚的議案進行表決。

情況不妙。在擾亂大家的思緒後，打算趕鴨子上架是吧……

「褫奪天神屋大老闆的職權，並將其視為剎鬼，封印於比宮殿下的迷宮牢獄更深的地底——贊成此議案的八葉就在此蓋印。」

八葉們分成兩列對坐，中間擺著一條長長攤開的卷軸。
贊成今晚表決案的成員，必須在此蓋下金印璽。
所有八葉都取出金璽，但仍猶豫不決而遲遲未動作。
「快點蓋下去就對了。這一個簡單的動作，將使你們成為英雄。」
雷獸用甜言蜜語迷惑眾人。
海門市場率先打頭陣蓋下印璽，八幡屋緊接在後……然後——
「喂！老哥，你住手啦！」
「不，這是我們的義務。即使要背負罪名、被視為叛徒也必須蓋下去！」
「老哥……」
最後，就連朱門山的葉澄殿下也蓋了印，枉費大掌櫃曉與女二掌櫃阿涼那般努力。
其他成員仍在猶豫。猶豫的同時仍按兵不動，卻也苦惱自己的判斷是否正確而陷入煎熬。
「好了，動作快！在你們拖拖拉拉的同時，隱世也正一步步邁向沉淪！」
「唉……」
一路保持沉默的西北八葉——文門大學院的院長夏葉嘆了一口氣，舉起金印璽。
所有八葉都聚焦在她的動作上。
糟了。只要她一表態，接下來就是一面倒了。
文門大學院的判斷將可能增加表決案的同意票數。

「關於這件事呀，能不能先緩一緩呢？夏葉。」
前方的拉門突然之間敞開。
在雷獸獨掌大局的此刻，某位人物不請自來。所有人都被他的聲音嚇得轉過頭去。
「各位好呀。」
「……」
整座天上廳在一瞬之間陷入前所未有的寧靜。
在場所有大妖怪都露出搞不清楚狀況般的意外表情。
然而我卻順了順胸口，總算能鬆口氣。
來得可真晚啊。不過，實在幹得好，葵。
因為現身於此的正是天神屋大老闆。
「呃，咦咦咦咦咦咦咦咦咦咦？」
「是天神屋的……大老闆？」
「騙人！怎麼可能！」
所有八葉都嚇傻了。特別是龍右衛門殿下還站起身，直指著我們大老闆的鼻子。
「你怎麼會在這？你明明被關進迷宮牢獄裡啊！應該問你如何穿過一路上的森嚴守備踏入這

裡！大將軍應該已加強警備才是啊！」

「喔喔，全靠我們家的鐮鼬們，還有故友的兩肋插刀啊。他們幫我拖住負責宮殿內部警備的豬呀熊呀。」

「什……」

大老闆能一路順利抵達這裡，除了葵跟鐮鼬的幫助，恐怕也多虧有舊識黑亥將軍充當內應。他打從一開始就站在大老闆這邊，暗地裡與天神屋聯繫。也是他幫忙在這階段拖住嚴守八葉夜行會出入口的自己父親——黑豬大將軍的腳步吧。

大老闆對各方支援致上謝意，臉上的笑容簡直神清氣爽。

雖然他蓬頭垢面，身上穿著也並非平常出席八葉夜行會的正式裝束，但這些在此刻已不是重點。平常總是叮囑他儀容要體面的我，這次就睜隻眼閉隻眼吧。

「啥？啥？啥～～？」

對雷獸而言，眼前狀況也出乎他的預料吧。

他先歪頭疑惑了一會兒，不久之後也露出焦急的表情。

「你事到如今出場也沒用，一切已經太晚啦，大老闆！要把你送往地底的表決也已經大致底定啦。快點，快蓋下去啊文門研究所！」

夏葉殿下無視雷獸的催促，嘆了一口氣對大老闆說：「陣八，你總算來啦。」隨後收起金印璽。

「妳這個臭老女人搞什麼啊！剛才明明都要蓋下去了，快點啦！」

「臭老女人？啊啊，我絕對不蓋章了，死也不蓋。」

「！」

雷獸的威脅似乎對那位女中豪傑不管用。

目睹這一幕的大老闆露出苦笑，同時規規矩矩地舉手發表意見。

「關於要把我封印地底的議案，大家似乎討論得很熱烈呢。講這些好像有點潑冷水，不好意思。但首先呢，我現在應該也沒有能力接下這份重責大任。」

「什麼？」

「應該說，把我封進地底也完全沒有意義。我這麼說是有理由的。」

妖王大人的臉色微微一變。

「這件事可由不得你決定，大老闆！誰管你有什麼理由！」

從剛才就吵鬧不休的雷獸，此刻總算在妖王大人一聲「雷獸你安靜」命令下被迫閉嘴。妖王大人的言靈讓他暫時無法開口。

「大老闆，你繼續說下去。這究竟是怎麼回事？」

「由衷感謝您賜予發言權，妖王大人。」

大老闆向妖王大人點頭致意後，一副悠哉地沉思著：「我想想該從何說起呢。」

「對了，先這樣吧……請大家看過來，注意看這位津場木葵。」

「欸！等等，大老闆！」

他扣住葵的雙肩，把躲在自己身後的她推往前方，然後清楚告訴大家。

關於他無法接下「在地底封印邪氣」這項使命的理由。

「原因就在於呢，我已經不具備身為刹鬼該有的能力了。因為我這位新婚的賢妻——葵，已經將它吃乾抹淨了。」

身為會計長白夜的我，過去對於大老闆為了拯救年幼的葵而折壽一事感到不捨，憎恨這一切的始作俑者津場木史郎，而對葵的態度也特別帶刺。然而現在……

命運實在神奇。這兩人的相遇、救贖與誓約，在幾經輪迴之後，成為拯救大老闆的一線生機。

第六話 雷獸的失算

「欸！大老闆！別說什麼吃乾抹淨啦！總覺得莫名難為情耶！」

「啊哈哈！又沒關係，都是兒時往事了。」

「所以才更害羞啊！」

我叫津場木葵，是個人類。

在一群大妖怪包圍之下，我想我現在應該滿臉通紅。

都怪大老闆在八葉夜行會這種肅穆莊嚴的場合，當著那些位高權重的妖怪們說什麼我把他的能力全吃掉了。

「這個嘛，我的確是把大老闆的『靈核』吃掉了沒錯啦，但那是你為了救我一命，派銀次先生送來的不是嗎？我當時餓得要死，哪有空思考那是什麼東西，就先大口大口吃掉啦！」

「是呀，當然沒錯。葵，我都明白。多虧有妳，我似乎也能撿回一命了。」

「……什麼？」

大老闆說的話讓我毫無頭緒。

然而，正當我心想現場真安靜而往前一看時，才發現聚集在現場的這些八葉層級的大妖怪全都呆若木雞。
包括亂丸、葉鳥先生、清大人還有春日。
甚至連石榴小姐、夏葉女士跟那些我不認識的其他大妖怪們。
就連那隻最討人厭的雷獸也一樣。
還有坐在主位的妖王大人也……呃，奇怪？仔細端詳那個人才發現……
「啊啊！是那個喜歡洋風打扮的人！」
我不自覺地握拳輕敲了一下手心。
對了。他就是以前曾來夜鷹號吃漢堡，樣貌很奇特的那位客人。
難怪總覺得似曾相識，沒想到他竟然貴為現任妖王？
「……？」
然而，我隨即感受到另外一股視線，令我一陣戰慄後全身僵硬。
是雷獸，他散發出非比尋常的妖氣怒視著我。
然後扶額仰天，發出誇張的笑聲。
「啊、哈哈哈哈哈哈！原來是這樣啊！妳又～妨礙了我的好事是吧。」
我強忍住對雷獸的恐懼，站在大老闆身旁朝他瞪了回去。
「津場木史郎的孫女，天神屋的鬼妻……真了不起啊，小葵！過去我曾說過妳相較於史郎無趣多了，但我錯了！」

剛才還笑得那麼誇張的他，表情卻突然一變，帶著即將爆發的怒氣直指著我的鼻子。
「所以，到底是怎麼回事？津場木葵吃了大老闆的靈力核心？就算她是個再怎麼愛美食成癡的料理狂，一個人類也不可能會去吃那種東西吧！」
「這、這跟料理狂哪有關係！其中有很多原因啦！」
「啥，妳說啊？妳說清楚啊～～～？」
雷獸把手豎在耳邊，試圖用胡鬧的態度妨礙我們說話。然而——
「……雷獸，停手。」
一陣冷靜的聲音響起，束縛雷獸的行動。
在場能對他下令的，只有妖王大人。
雷獸「嘖」了一聲，仍安靜下來，雖然只是暫時的。
「大老闆，仔細說明原委吧。」
妖王大人，隱世中地位最高的妖怪。
他的表情雖然僵硬，卻感受不到任何怒意或困惑。
以前在夜鷹號上相遇時，也覺得他身上散發出高貴的氛圍，但現在的他與當時那個溫和的妖怪簡直判若兩人。
現在的模樣恐怕才是妖王大人對外的形象。他坐鎮在高位上，保持著平常在報紙上所見到的那種王者風範。

大老闆被妖王大下令說明，摸著下巴發出「嗯～～」沉思著……

「就如同剛才葵一口氣說完的那樣，簡而言之呢，我身上已不具備妖怪該有的『靈核』了。因為被年幼的葵給吃掉了，應該說是我讓她吃下的。」

不清楚其中經過的八葉們還是困惑不解，臉上表情彷彿問著：「來龍去脈究竟是什麼？」

大老闆與我看了看彼此。

我靜靜點點頭。確認過彼此同意後，大老闆娓娓道出真相。

「妖王大人也認識津場木史郎這個人吧？」

「當然。」

「那麼，您知道史郎惹怒常世之王而受到詛咒一事嗎？」

「……不。」

妖王大人搖搖頭，似乎對此毫不知情。

這件事在八葉中也僅有少數人知道的樣子，其他人對於這新得知的事實再度驚訝不已。

「這道詛咒殃及津場木一族，血緣與史郎越親近之人，越容易遭遇不幸。連葵也遺傳到史郎的詛咒，自幼被長時間拘禁於沒有食物的空間，險些挨餓至死。」

亂丸、葉鳥還有春日與石榴小姐頓時瞪大雙眼，臉上的表情彷彿寫著「從沒聽說這件事」，後來又似乎從我過去的言行舉止之中找到線索而恍然大悟。

我若無其事地抓住大老闆的長外褂下襬。

即使是早已過去的往事，光是回想也讓我產生恐懼。對我而言那是永遠無法抹滅的傷痕與陰影。

大老闆抓住我的手，靜靜地握緊。

隨後用低沉且平靜的聲調繼續說明。

「我當時想救那樣的葵一命。因此我懇求黃金童子大人幫忙取出我的『靈力核心』——也就是我身上的剎鬼能力的根源，葵把靈核吃掉後打破詛咒，成功迴避必須一死的命運……」

「為何你要為她做到這般地步？大老闆。」

妖王大人面對大老闆提出質問。

「這個嘛，因為我要履行約定。」

「是指你跟史郎孫女之間的婚約嗎？」

「或許是，也或許不是。」

妖王大人微微垂下視線。

他是否也認識爺爺呢？

不知他們是否曾經見過面。

「這……這全是謊言！」

然而，唯獨雷獸不願相信，一臉不同意的兇惡表情與大老闆槓上。

「這肯定是胡謅的！不可能！哪有妖怪失去了靈核還能活命的！」

「是呀，沒錯，雷獸。所以我的壽命也只剩『一百年』了。」

「！」

八葉們內心的震驚顯而易見。

雷獸也瞪大雙眼，露出不像他會有的表情。

想必是因為這個事實超出在場大多數人的預料範圍吧。

「所以，就算把我封印於地底也無法吸收邪氣，因為我已不具有剎鬼的能力，而且頂多也只能再活個一百年。也就是說這個行為根本毫無意義。」

一陣沉默蔓延，所有人都在消化著大老闆所提供的資訊，陷入苦思中。

苦思著這究竟是真是假。

「反正呢，只要確認看看我體內是否真的沒有靈核，自然就能驗證了。妖王大人，您既然擁有那雙眼瞳，應該也能看見我傳承給葵的東西……」

現場鴉雀無聲。

妖王大人靜靜抬起臉，定睛交互注視著大老闆與我。

接著他閉上那雙烙有雙同心圓紋樣，令人印象深刻的眼睛，再次張開之時，只剩下淡淡光芒。

「的確，大老闆體內已不存在靈核應有的火光……那已經轉移到津場木葵身上，並且在吞噬她體內某股龐大的力量之後便熄滅了。」

「……」

既然妖王大人都開口了，誰也無法否定。

接著，文門研究所的夏葉女士從袖口中取出一捲卷軸，拿到妖王大人面前。

「我這邊還有文門研究所所蒐集到關於大老闆的靈核相關數據資料，也提交給您。現在置入大老闆體內的，正是我們與黃金童子大人共同開發出的人工靈核。」

文門研究所提出了實際資料。妖王大人在讀畢之後說了句「原來如此」。這份證據成為逆轉局勢的決定性關鍵。

「是說文門研究所既然握有這份資料，打從一開始就支持天神屋不就好了嗎？」

葉鳥先生在混亂之餘吐嘈了隔壁的夏葉女士。然而對方只冷靜地笑了笑，內心似乎很暢快。

「最後武器當然要擺在壓軸。為了避免事後被懷疑是捏造，需要由妖王大人在大老闆與津場木葵在場的狀態下，當著所有八葉的面親自確認。如果無法在這個局面下湊齊這些成員，我就無法站在天神屋這邊。沒錯，我只先告知了天神屋。不過呢，你們只要感謝津場木葵小姐就好了，是她讓一切化作可能。畢竟是她把大老闆一路帶來這裡。」

夏葉女士提起我的名字，讓我成為現場的目光焦點。

然而也有一部分妖怪仍露出無法接受的表情，尤其是背叛天神屋的東方大地八葉。在局勢急轉直下後，他身上的藍色鱗片顯得更加鐵青了。

「那、那你為何要將事實隱瞞至今啊，大老闆！被逮捕時直接告訴宮中不就得了！」

「龍右衛門殿下，關於這點，是因為我一直在等待八葉齊聚一堂的此刻到來。如果葵不在場也無法證明我所言屬實。況且，若挑在我方盟友不足的狀態下公開，也只會被那隻信口開河的雷獸用讒言否定。我……一直等待著今日的八葉夜行會，把這當成孤注一擲的最後機會。」

以一個堅忍不拔等待時機到來的角色來說，大老闆臉上的笑容太過天真無邪。

即使他在迷宮牢獄中曾露出那般脆弱的一面，再怎麼說仍未放棄自己的命運吧。

「可、可是，竟然只剩一百年……」

「這實在太短了。」

在場也有眾多妖怪對於剛才大老闆公布的壽命感到不知所措。

擔任北方大地八葉的清大人與其夫人春日，還有大老闆的舊識石榴小姐，這三人尤其受到打擊。

葉鳥先生與亂丸也一臉複雜的表情。一百年之於人類已是長命百歲，對妖怪而言卻是如此短暫。

我又緊緊握住大老闆的長外褂。

對不起……都是因為我分掉了大老闆的壽命。

然而他卻抱緊我的肩，用手輕輕安撫著我。

「各位別擔心，我的妻子葵親手做的料理應該能讓我延年益壽不少吧。況且一百年說起來算短嗎？能與伴侶在等速的時光中度過餘生，我反而覺得自己是個幸福的妖怪。因為這樣就不用面對人類與妖怪結為連理必定遇到的問題——短暫的幸福過後，將面臨長久的孤獨。」

「大老闆……？」

此時他摸了摸我的頭。

這是代表安慰還是鼓勵呢？

「我先說清楚了，葵親手製作的料理可是真的很厲害喔，也許我這條命能活得意外地久。但我希望自己比葵早一步離世，否則要是葵留下我先走了，我會……我會……」

「大老闆，大老闆，我覺得你有點想得太遠啦。」

「可是葵、葵……」

「沒問題，別擔心啦。我認為自己也會長命百歲的。畢竟是從你那裡分來的壽命，我不會說走就走的。」

「這樣啊……真的嗎？」

大老闆完全不管在場所有大妖怪，感覺隨時就要哭出來。

「誰會比誰先走」——只要是夫妻都會思考的這個問題，讓大老闆想著想著便陷入感傷。結果最後演變成我來安慰他……這人只要待在我身邊就會馬上說些令我想吐嘈的傻話，害我連感動的時間都沒有。

「我懂了……」

「？」

「既然如此，把小葵封印在地底就行了！」

原本應該在妖王命令下老實待著的雷獸，在言靈失效的下一刻馬上喊出破天荒的發言。

「把小葵關進去不就得了！關進那個空無一物，唯有『痛苦』與『恐懼』等待著她的那個地方！這樣一來隱世就能得救了！」

接著他散發出妖怪原有的惡意，猛然朝我伸出手。

我感受到戰慄般的恐懼。在被他碰觸前我緊緊閉上雙眼，全身僵硬。

「不許你碰葵，雷獸。」

雷獸的手沒能觸及我。大老闆一手護著我，一把抓住雷獸的手，同時用鬼應有的懾人眼神睥睨著他，簡直能聽見關節嘎吱嘎吱作響。

我鬆了一口氣，甚至心想：「對耶，有大老闆就不用擔心了。」不知從何時開始，我已經習慣把所有的信任交付給這個鬼男。

「葵可是人類，雖說她吃了剎鬼的靈核，並不代表就能繼承那股能力。她只是個迴避了死亡宿命的一般人類，同時也是津場木史郎的孫女。」

「你在說什麼鬼話啊大老闆！光是津場木史郎的孫女這點，就不算普通人了吧！」

「是呀，沒錯，葵是特別的。但這件事歸根究柢沒有意義，做了也只是白費工夫。雷獸，沒想到當劇情偏離你的劇本時，你會變得如此破綻百出呢。」

「什麼？你這傢伙！」

雷獸似乎被戳到痛處，一氣之下從被大老闆捉住的手中放出紫色電流。然而大老闆在抱著我的狀態下仍輕而易舉地閃過攻擊，紫色雷電把我們身後的拉門燒得焦黑。此時，白夜先生趁隙使出縛身之術將雷獸綁住，使他當場倒地無法動彈。

「白夜～～別妨礙我！在妖王大人面前使用妖術是違法的！」

「你這傢伙沒資格說我，雷獸。我只是對你的放電採取防衛手段，這是為了保護妖王大人……妖王大人，還請您容許。這是控制場面的權宜之計。」

「准。」

「啥啊啊啊啊啊！妖王別鬧了！給我下令解開縛身術！」

夜行會已陷入混沌狀態。現在雷獸也已動彈不得，亂丸便交盤起雙臂，氣定神閒地向大老闆質問。

「所以說，大老闆，既然你現在派不上用場了，那有其他替代方案嗎？」

所有人都聚焦在大老闆身上。

「是呀。要封印地底邪氣，另有他法。」

見大老闆如此坦然回答，妖王大人的眼睛微微一抖。

「這是什麼意思？大老闆。」

「這方法前些日子才剛大功告成，所以我高度保密到現在……首先呢，想先請您回顧一下鬼門之地的歷史，妖王大人。」

大老闆在妖王大人面前低頭行禮，再次繼續說下去。

他介紹起鬼門之地——原本毫無生氣，好比地獄的那片土地。

「鬼門之地這塊地方原本就坐擁陡峭的溪谷，深色的邪氣會從谷底與通往地底深處的縫隙中外洩，至今依然如此。或許是因為邪氣的緣故，這裡的土地長久以來寸草不生。各位大妖怪之中應該有人記得這件事吧。」

擔任八葉的要臣們紛紛低聲沉思，隨後點了點頭。

我以前也曾聽說過，鬼門之地過去荒蕪貧瘠得像一座地獄。

然而，自從大老闆被解除封印、天神屋創立之後，那片土地在天神屋眾員工的努力下起死回生。

「那麼，各位認為這片土地是透過什麼方法重生呢？」

除了天神屋的成員，沒有人知道答案。

現場也沒人猜中，而我更不知情。

「答案是——『溫泉』。」

「溫泉？」

「在距離邪氣外洩的地底有一大段距離的淺層之中藏有泉源，從中湧出的天然藥泉具有淨化邪氣的作用。」

這麼說起來，鬼門溫泉的水質的確是隱世之中最知名的。

根據大老闆所言，在天神屋初營運之際，透過汲取大量溫泉水到地表，來淨化地面上的邪氣。至於地底外洩的邪氣，則每日利用天神屋溫泉設施所供應的藥泉灑向谷底，在邪氣竄上地表前進行淨化。

「我們的開發部長砂樂博士與眾溫泉師長年以來針對鬼門溫泉的效用進行研究，最後終於以鬼門溫泉的藥泉為基底，開發出淨化邪氣的『特效藥』。」

「特、特效藥？」

八葉們面面相覷。就在此時——

「哎呀哎呀，我來晚了呢。」

「砂樂博士？」

嚇我一跳！砂樂博士突然從後方拉門探出頭。

「為了採集『邪氣』花了一點工夫。啊，就是這個啦～」

博士跨過被束縛在地上動彈不得的雷獸，舉起一個類似玻璃水槽的密閉容器，外面裹著一大張布。

八葉們紛紛發出「咿！」「嗚！」的微弱尖叫聲。因為沉聚在水槽中的是一團類似氣體的東西，看起來汙濁漆黑。

這就是邪氣，也是妖怪們最痛恨的東西。

「你這傢伙……竟當著妖王的面端出這種穢物！太無禮了！」

身為一反木綿妖的那位八葉捏住鼻子，用帶著鼻音的聲調大聲訓斥。
啊啊，他就是反之介的爸爸嗎？
「哎呦哎呦，別這麼死心眼嘛。我會證明這可是劃時代的大發明啊！」
砂樂博士顯得有點興奮，語氣非常愉悅。
大老闆湊過來看著我。
「葵，溫泉長靜奈有沒有託妳把藥劑帶來？」
「啊，聽你這麼一說才想起來。」
靜奈的確託我保管一樣東西。
她說無論如何都要交給大老闆，於是我先把藥遞給他。
「靜奈……妳完成了是嗎？感謝妳了。」
大老闆瞇起眼舉著藥瓶，對不在場的靜奈表達謝意。
隨後他拿著藥劑走向砂樂博士……砂樂博士不知何時已準備好桌子，安放在所有人都能清楚看見的地方，並擺上裝有邪氣的水槽，一切準備就緒。
「那就請大家看仔細了。這是天神屋針對地底湧出的『邪氣』，長年研究出的成果。」
砂樂博士取下藥劑的瓶蓋，並打開設置於水槽上端的蓋子，然後把藥劑的瓶口塞入。
裝著藥劑的小瓶子開始流出液體狀的藥劑，滴了數滴在水槽中。
一時之間未見任何變化產生，還有人奚落著：「這真的有效嗎？」然而仔細豎耳傾聽，便能發現邪氣發出悲鳴般的「嘰嘰」聲，接著四處流竄，漆黑的顏色越來越稀薄，最後——

「……邪氣——」

「消失了？」

在氣體完全化為透明無色的下一刻，原先那股緊逼而來的不適感已徹底消失。

也就是說，邪氣已完全煙消雲散。

相較於我這個人類，那些妖怪肯定更能切身感受到邪氣消失吧。

「誠如各位所見，天神屋在砂樂博士的領導下長年與地底邪氣對抗，反覆進行研究，鬼門之地的溫泉將成為有效淨化邪氣的『特效藥』之原料。而為了繼續生產這種特效藥，『天神屋』是不可或缺的組織。」

語畢，大老闆再次在妖王面前跪拜。

「剎鬼一族僅存的後裔只剩下我一個了，妖王大人。」

「……」

「就算我保有吸收邪氣的能力，也遲早會消耗殆盡。既然如此，請把我利用在最好的方向上，以延續這個能流傳後世的研究，而不是將身為剎鬼的我埋入地底。」

白夜先生也在大老闆身旁作揖請求。

「如果您願意釋放我們的大家長——大老闆，我們將會提供特效藥給宮中。」

銀次先生也一同低頭懇求。

「為了維持天神屋今後的營運，大老闆是不可缺少的存在。還請您成全。」

除了他們以外，其他願意支持天神屋的友方也提出請求。

當然我也以天神屋一員的身分向妖王大人請願，讓大老闆復職。

妖王大人對此露出一臉不悅的臉色，遲遲沉默不語。然後——

「原來如此。」

接著他很感傷似地皺起眉頭，緩緩站起身。

「在雷獸預示的未來裡，我沒看見這樣的發展。天神屋真厲害呀。也就是說，我連有這種藥劑正在進行研發都毫不知情，而誤下了判斷是嗎？我實在是……何等愚昧的君王啊。」

「妖王大人……」

妖王大人身上散發出溫柔卻又寂寞的氣息，很接近我初次見到他時的印象。

我感覺自己再一次見到這位大人真實的內心樣貌。

在疲倦與空虛之中卻存在著一絲安心。

彷彿在幾經煩惱煎熬後，終於獲得珍貴的領悟……

「不行！不行不行不行！特效藥？特效藥登場，圓滿化解一切？這樣太無聊啦！我可不接受這樣的結局！」

雷獸無法掙脫白夜先生的縛身術，像個任性小孩似地發出尖銳叫聲，在原地抓著地板。

接著他緩緩爬向大老闆與妖王大人。

「這樣的結局太爛了！沒有犧牲任何人事物，無法造就壯烈動人的悲劇！歷史都是建立在悲劇之上的！」

「雷獸……你！」

「妖王！我的忠告至今以來幫了你多少次！在我的運籌帷幄下，一切都水到渠成不是嗎！放棄獨立思考，害怕失敗的王啊，代替你承擔所有惡名的可是我！然而你卻在這時背棄我嗎！」

雷獸這番話讓妖王大人表情一僵，微微低下頭。

「請別動搖了，祖父大人！」

就在此時，一個年幼的孩子闖入天上廳，臉上帶著英氣煥發的神情。是竹千代大人。他曾說過有話想告訴自己的祖父——妖王大人。

「祖父大人，請別再對雷獸言聽計從了。」

在迷宮牢獄耗了不少氣力的他似乎略顯疲憊，所以剛才休息了一會兒。後來則跟砂樂博士一起來到這裡，完成自身使命。

他走到妖王大人面前，直視著對方並開始訴說。

「我知道祖父大人經歷過無數次痛苦的決策，但千萬不可把君主該做的決斷悉數託付給雷獸。他期望的並非隱世永保和平，而只是想按照自己的理想藍圖操弄這個世界罷了！玩完了就破壞殆盡，簡直當成積木遊戲一般。祖父大人您應該也早已有所察覺才是……」

「……竹千代。」

「請醒悟吧！您身邊還有我在，祖父大人！」
竹千代大人的眼瞳中清晰浮現出象徵妖王家力量的雙同心圓紋樣，他的髮色也轉換為更加鮮豔的粉紫漸層。
與妖王大人相同的神聖姿態讓所有人為之屏息，妖王大人也因為孫子的一番話緩緩瞪大雙眼。
而在場的人應該都多少感受到了。
從這位雖年幼卻令人無法忽視的竹千代大人身上，能預見他未來的王者之姿。
「這個臭小鬼啊啊啊啊啊啊啊！少講得好像你什麼都明白！」
然而極度憤怒的雷獸臉冒青筋，身上發出的紫色電流啪滋作響，破解了縛身術後露出真面目。
沒錯，他變回雷獸原有的巨獸樣貌。
直豎的金色鬃毛、鋸齒波浪狀的雙尾，外形貌似帶有條狀斑紋的狼。
他發出轟天雷鳴般的嚎叫，露出利爪與獠牙，以這副姿態朝竹千代大人猛撲而上。
「？」
身手之敏捷，宛若風馳電掣。
所有人面對雷獸的速度都來不及反應，然而……
「竹千代！」

只有一人除外——竹千代大人面前的妖王大人一把將嬌小的他拉入懷中抱緊，轉身背對撲上來的雷獸，用自己的身體做掩護。

雷獸的尖爪伴隨著電流在妖王背上烙下裂痕。

「！」

「妖王大人！」

悲鳴般的尖叫聲四起，在場者全都奔向妖王大人身旁。雷獸隨即撞破拉門衝出現場，從外廊逃了出去。

貴為聖獸的他，卻在盛怒下失去理智，犯下了無法挽回的罪行。

「喂！銀次！」

「嗯，我明白，亂丸！」

亂丸與銀次各自化身為神獸形態，追趕雷獸。

同一時間，白夜先生則負責確認妖王大人的傷勢，及時使用妖術進行治療。

「祖父大人！祖父大人！」

「竹千代……」

妖王大人的傷口似乎很深，額頭滲出冷汗，卻仍輕撫著竹千代大人的臉頰，並在這場合上第一次露出微笑。

「我很驚訝。一直以為你還小，從沒想過會有被你曉以大義的這麼一天……不知不覺間你已變得堅強而強大了呢，竹千代。」

「對不起，祖父大人。都是我害您……」

「不，不是的。一切全是我咎由自取，我太依賴那男人的力量了。」

似乎是傷口疼痛的緣故，妖王大人閉起雙眼，緊緊咬著牙。

隨後他抬頭望向身旁的大老闆。

「大老闆，抱歉了。你對我有數不盡的恩情，我卻數度讓你，讓剎鬼一族背負原本屬於妖王家的罪孽，這不是一句道歉就能了結的問題。企圖讓你做犧牲品的我，不值得你的原諒。但懇求你至少寬恕竹千代，竹千代他……」

「我都明白，妖王大人。您只是想盡君主的本分。您無須擔心，我已經不憎恨任何人了。」

妖王大人聽完這番話，很痛苦地露出微笑說道：

「……依據妖王權限，我在此正式還你自由。大老闆，抱歉了，真的抱歉了……為何我會做出一連串錯誤的選擇呢。」

妖王大人撤回對大老闆做出的裁決，反覆道歉了好幾次。

然而他的傷口仍血流不止。

就連白夜先生與夏葉女士，似乎也無力進行止血。

「妖王家一族的體質相當罕見，受傷與病痛特別難復原……偏偏雷獸的爪子不但會在傷口深深烙下難以痊癒的裂痕，還帶有詛咒般的傷害，讓獵物因靈力流失而死。可惡！原本就知道那傢伙沒腦，沒想到會如此愚昧！」

白夜先生的憤怒讓周遭陷入不安。一反木綿妖前去召喚宮廷御醫，海龍則急急忙忙對到場集合的眾武官說明狀況，前往支援逮捕雷獸。

怎麼辦？我該怎麼做？

我只能鐵青著臉在一旁看著現場狀況。

「這種時候如果有準備我做的料理，至少還有一點幫上忙的可能性，但……」

現在開始動手做？不，這樣來不及！

「啊啊，對了。那不然還有津場木葵小姐做的生銅鑼燒，我心想也許能派上用場，就順道帶來了。」

在旁邊用眼神守護著妖王大人的石榴小姐，握拳輕敲了一下手心並說道。

「咦！這話是什麼意思？石榴小姐？」

「就是這麼一回事。」

她從相隔一道拉門的隔壁廳，把放入保冷箱保存的一大盤甜點端了過來。

呃，我的確多做了很多生銅鑼燒沒錯，但我記得自己把剩下的份留在大湖串糕點屋內請學徒們享用。

「我原本打算把這道甜點接在豆大福之後端出來的。因為陣八……天神屋大老闆的議題或許會吵很久，不會太快有個結果。我想說葵小姐的甜點具有靈力恢復效果，或許能做為談判的材料。」

「幹得好，石榴！快把那扔進妖王口中。」

「白夜大人還是老樣子，就連面對妖王也毫不留情呢。」

石榴發出銀鈴般的笑聲，朝著貴為隱世之王的那位大人嘴裡，塞了一顆生銅鑼燒。

性命垂危的妖王大人發出「唔～～」「唔～～」的痛苦呻吟。

「咀嚼！動口咀嚼啊妖王！」

「妖王大人，請一口氣吞下去。」

「乾脆往嘴裡灌水沖下去好了。」

在八葉們胡亂的聲援之中，妖王大人拚了命地咀嚼……然後嚥下。

接著開口說道：

「我是受到上天的恩召了嗎？這又白又甜、軟綿綿的幸福感……有種時髦的味道。」

「不，您還活得好好的，妖王大人。」

剛才明明還性命垂危，又突然犯傻了起來。不過，這麼一說才想起妖王大人確實喜歡現世風格的時髦東西，生銅鑼燒真是歪打正著。

大老闆也任性地要求著：「我也想吃葵做的東西！」伸手去拿生銅鑼燒。剛才的嚴肅氣氛去哪了？

不過，靈力大幅恢復似乎有助於傷勢的痊癒，妖王大人的臉色立刻好多了。

就在所有人都鬆了一口氣的同時，妖王大人用眼神尋找著我的身影。

「津場木葵小姐。」

「呃，是！」

突如其來的呼喚，讓我挺直背桿，回答時還岔了音。

「由衷感謝。在這般危急狀況下，更能清楚感受到靈力恢復速度之快，宛如湧泉。妳的料理效果奇佳。」

「咦？呃、呃哈哈……」

其實那只是跟石榴小姐進行女人對決時剩下的東西……實在開不了口，我不敢說出事實。

「原來如此，大老闆有信心能延年益壽的理由，我能明白了。」

「對吧？妖王大人。內人親手做的料理是世界第一！」

「大老闆你先安靜點。」

我跟大老闆無意之中表演的這段夫婦相聲，讓現場哄堂大笑。

剛才還那般緊張的現場氣氛霎時間轉為明快，原本表情凝重的八葉們，也在妖王大人的狀況穩定下來後放鬆許多了吧。

然而妖王大人重新換上強悍的表情，在白夜先生攙扶下站起身，走向外廊。

「現在還不是鬆懈的時候，必須做個了結。這一次輪到我該下決斷了。」

他凝望著雷鳴轟隆作響的遠方天空。

金色的雷獸，銀色的九尾狐以及紅色的犬神。

三隻巨獸宛若流星，正在夜空上交戰著。

周圍則有銀鴿部隊與宮中的眾將軍正聚集而來，雷獸似乎已無處可逃。

「放開我！你這個狗畜生放開我！我的身價可不同於你們這種路邊的流浪神獸！」

被亂丸與銀次先生逮住的雷獸，被押送到宮殿正下方的廣場。

現在的他變回人形，引以為傲的秀髮在大鬧過後變得凌亂，身上華麗的和服也已破爛不堪。

「我說過了吧，王八雷獸，我死也不會饒過你。不過真沒想到能以這種形式報一箭之仇。哈哈！你說是吧？銀次。」

「是呀。不過……要如何處置由妖王大人判斷。你可別吃了他喔，亂丸。」

「誰要吃啊！他的肉看起來就很難吃！」

亂丸與銀次先生雖然口出惡言，但對於能親手逮捕這個男人，替心愛的磯姬大人報仇一事，都露出了無限感慨的表情。

八葉與妖王大人也聚集於此，冷眼俯視著雷獸。

我看向押著雷獸的銀次先生，在他的側腰上發現類似被咬傷的痕跡。

「銀次先生，你還好嗎？你受傷了耶！」
「不可以，葵小姐。您不能靠近。」
銀次先生瞥了我一眼，制止打算衝上前去的我。
雷獸仍散發著強烈殺氣，目露凶光，看起來不像完全死了心。
而八葉們全往這裡集中，宮中的銀鴿部隊則包圍上空，將軍們也手持劍與長槍對著被逮捕的雷獸。
陷入四面楚歌的這個男人，已無法抹滅他所犯下的傷害妖王之罪。
連同至今以來被姑息的那些惡行，也將在此一併接受問罪。
妖王大人在白夜先生與大老闆的攙扶下，朝雷獸走近。
雷獸則咬緊牙瞪著三人。
「雷獸，至今以來我無數次依賴你的意見。當我迷惘時，你的建言總能正確指引我，你就像來自未來的使者一般，料事如神。」
妖王大人的聲音中透露著悲傷，他望向雷獸繼續說道。
「然而，這樣的依賴本身就是一場錯誤。未來是充滿不確定性的，就算以常世為鑑，今後也會不斷出現預料外的事態，就像這一次。我們必須改變想法，學習隨機應變……按照你的劇本進行下去對隱世並無助益——這就是我做出的判斷。若真為隱世著想，你就應該贊成特效藥一事。」

妖王大人清楚明瞭地宣告，這段話也意味著他與雷獸的訣別。
「然而我也明白，你也是某方面想重新來過才做出這番行為。既然如此，就回去原本的世界吧，雷獸。」
「……啥？」
雷獸緊緊咬牙，維持著被制伏在地的姿勢，朝上瞪著妖王大人。
「這話什麼意思？開什麼玩笑……」
他一邊用爪子抓著地上的土。
「開什麼玩笑！開什麼玩笑！明明總是那麼依賴我，苦苦哀求我！明明是個根本沒有王者器量的膽小鬼！竟敢捨棄我選擇他們！選擇相信那隻汙穢的鬼！」
接著，雷獸撂下了狠話。
「要是聽信於鬼，總有一天會走上滅亡的道路──如同常世一樣！」
他的口吻彷彿早已在某處親眼目睹過這樣的歷史。
然而妖王大人已沒有一絲迷惘。
「抱歉了，雷獸。但……我也是時候該依照自己的理想與理念做下判斷，保護隱世了。」
妖王大人以手心掩口，輕吐一口氣。
隨後，一陣櫻花花瓣現身於這個不屬於春天的季節，翩翩飛舞而下，繞成一個圓。
「現在開始對隱世四仙之一──雷獸執行強制流放隱世之外。」

「？」

由櫻花花瓣圍成的圓圈化為風穴，裡頭形成黑色的氣旋，吹得花瓣漫天飛舞，試圖將被指名的雷獸吸進去。這簡直如同在地底的迷宮牢獄見到的景象。

「這是……只有位居妖王者才能使用的隱世流放祕術。」

所有人都為之屏息。在王命之下，雷獸被宣判放逐異界。

「雷獸要被逐出隱世了嗎？」

「嗯，沒錯喔，葵。」

「那他接下來會去哪？」

「只能確定會被趕出隱世，要流放到哪裡我也不清楚。可能是常世或現世，又或是其他異界……」

大老闆與我都緊盯著雷獸。

他趴在地面上胡亂竄逃，直喊著「我不要我不要！」的模樣令人感到可悲。

「等等，先等等！我明白了，特效藥的事情我就同意吧，把大老闆埋入地底一事也作罷。至今以來對各八葉的無禮行為我也道歉。」

「……」

然而沒有一個人試圖阻止。

沒有人要求妖王對雷獸網開一面。

到頭來，雷獸也只是個受眾人憎恨的妖怪，失去了妖王大人這個後盾，誰也不會對他伸出援手。

莫名地突然有點同情他……

雷獸似乎查覺到我的表情。

「小、小葵！妳一定願意一視同仁，出手救我對吧？畢竟妳至今以來幫助了那麼多妖怪啊。不可能只對我見死不救吧？我今後絕對不會再欺負妳啦！」

「呃，嗯……可是你也害我受了不少罪，聲音和味覺還被你封印……」

「那、那些事我跟妳道歉就是啦！妳瞧，我都低頭了。」

雷獸死抓著我，拚了命地求情。

然而他仍不敵風穴的強制力量，慢慢被拉了過去，最後半個身體已被吸入洞裡。

他死命抓住風穴的邊緣，直到最後仍向我求救……

「快死心吧，雷獸。妖王大人已經從輕發落了，心懷感激地從這裡消失吧。」

「白夜你閉嘴！你應該能明白我的抱負、誓言與決心吧！你我明明抱著相同的想法來到隱世啊！」

「正因為如此，我才無法原諒你。」

白夜先生喊著：「好了，快給我滾。」並出腳踹著緊抓住風穴邊緣不肯被強制流放的雷獸。

我到現在還是搞不太懂他們之間的關係啊……

「葵小姐～」

「咦？小不點怎麼啦？剛才不是還躲在我腰帶裡睡得好好的？」

「我聽見最討厭滴雷獸先生發出怪叫聲，就馬上跳起來惹。結果看到他好像快死翹翹惹。機會難得，要不要好心幫他準備個最後滴禮物，送他上路呢～」

「最後的禮物……這可真是好主意耶。」

雷獸以前也曾虐待過小不點，用放電的手指電得他飛了出去。

他應該是想報那次的一箭之仇吧。雖然說法有點狠，不過我也對小不點的點子表示贊同，快步走近風穴。

「欸，雷獸，你真的反省過了？不會再幹壞事了？」

「咦？」

我的發問讓他瞬間擠出笑容。

「當然！我保證。妳要是願意救我，我一輩子都對妳百依百順。」

「哦？這樣啊……」

我假裝思考了一下。八葉們似乎沒料到，紛紛開口阻止我「別這樣」、「太胡來了」。

「那你收下這個當作宣誓。」

我將抱在懷裡的便當盒遞向死命抓住風穴邊緣的雷獸。

「這就當作我們和解的信物。你若肯吃我的料理，我就原諒你。」

「啊啊，原來如此。當然好……咦？啊！」
雷獸為了接下便當盒，鬆開緊抓風穴邊緣不放的手。
「永別了，雷獸。順帶一提，那個便當盒是空的。」
雷獸頓時露出呆愣的表情，隨後——
「啥？啊啊啊啊啊啊啊啊啊～～～津場木葵妳開什麼玩笑～～～～」
一眨眼之間，他已完全被吸入流放的風穴。
我們一行人滿懷感慨地目送他那逐漸遠去的聲音與小如豆粒的身影。
直到雷獸完全消失以前，所有人都不發一語。
「好了。」
白夜先生率先甩開摺扇，扇面上寫著「幹得漂亮」。
「雷獸那傢伙……直到最後還是這般愚昧，我都深感同情了。現在就回去常世那個屬於你的地方，好好看看自己的故鄉吧。」
白夜先生這番話彷彿流露出一絲慈悲。接著大家紛紛跟著開口。
「下一屆的儀式應該能輕鬆些了吧。」折尾屋的亂丸說。
「朱門山這下子天下太平了！鷹子、孩兒，我成功了！」朱門山的葉澄先生說。
「老實說，那隻雷獸教壞我兒子，也害我吃了不少苦頭。」八幡屋的一反木綿妖說道。
「我、我也是受那傢伙唆使才會——」海門市場的海龍說。

「大家都突然開始找理由推託了呢～」「欸！春日！」冰里城的少主夫妻說道。

對雷獸有著千仇萬恨的這些人，分別沉浸在不愉快的回憶中，又或是鬆了一口氣。這莫名讓我想起爺爺的告別式而露出苦笑。

唉……不過這趟短暫的旅程感覺起來真漫長啊。

我深深嘆了一口氣，在最後如此低喃。

「永別了，雷獸。我呀……是津場木史郎的孫女，將成為鬼神的新娘。」

原先飄浮在王宮上空的積雨雲逐漸散去，天空轉為晴朗。

至今為止暗中恣意操控著隱世居民命運的幕後黑手，已不存在於這個世界。

第七話

期盼已久的景色

八葉夜行會在這一天的黎明時分總算落幕。

成員重新聚集在「天上廳」，針對大老闆的處置進行審議與表決，但已沒有任何一個八葉蓋下印璽，所有人一致同意讓大老闆復職，重回八葉。

哎，這一路上奔走各地，在各方周旋下互相幫助，歷經絕命關頭，也遭到背叛，不過從結果來說算是和平收場了。

站在天神屋的立場，這次事件與至今互扯後腿的各八葉正面做出了結，也成功與其中一部分的成員增進情誼。既然結果圓滿，就不計較過程了。

這同時也意味著，天神屋這一整個月以來的奮戰終於畫下句點。

為了奪回大老闆而展開的這場戰役，勝敗已見分曉。

「大老闆！」

宮殿外的泊船口擠滿了等待決議結果的妖都新聞報記者、部分妖都居民，以及從天神屋趕來的眾員工，全都聚集在此等待主角現身。

早一步來到妖都的曉與阿涼當然沒缺席，就連曾說過自己晚點就到的靜奈、門房長千秋先生與小鐮鼬們也都到場。
幹部們與一部分的員工，似乎都因掛念著夜行會對於大老闆一事的判決結果，而聚集於此。
要說起他們在看見大老闆現身時有多麼歡欣鼓舞……
所有人都衝上前去，流著喜悅的淚水。
「您被平安釋放了嘛！」
「也就代表您可以復職為天神屋的大老闆了嗎？啊啊！太好了！真是太好了！」
阿涼與曉撫著胸口並鬆一口氣，當場無力地坐了下來。
而說起曉痛哭的模樣，甚至讓嚴陣以待的記者都忍不住幫他拍照。
「喂喂，曉，也不至於哭成這樣吧。」
「不，很值得哭，這太感人了。」
「曉還真是意外地沒骨氣耶。」
「阿涼少囉嗦。」
正當自家人在分享喜悅時，記者們卻毫不客氣地用無數問題連續轟炸大老闆。
「可以詳細說明一下會議結果嗎？」「今後天神屋的走向是什麼？」「大老闆真的會回歸天神屋嗎？」云云。
大老闆一臉為難地嘀咕著「這可真是……」簡直成了哪裡來的大明星一樣……
「哇啊啊啊！」

「起風了！好強的旋風！」

一道綠色旋渦狀的強風把那群記者給吹飛了。

天神屋的庭園師兼密探們突然現身，包圍在大老闆身邊保護著他。

「爸爸？」

「嗚哇哇～～爸爸回來了！嗚哇哇～～」

「爸爸還活著～～」

其中也包含庭園長才藏先生的身影，於是小鐮鼬們朝著父親衝上前去並抽泣著，連語尾的「是也」都忘了加。

才藏先生用寬闊的臂彎緊緊抱住孩子們，同時隔著面罩低語：「抱歉呀，讓大家擔心了。」

身為兄長的佐助目睹這畫面也眼眶泛淚。

嗚嗚，真是太好了。親子間的羈絆真是美好。

我也忍不住擦了擦眼角淚水，坐在我肩上的小不點也抓起我的衣領擤鼻涕，不過他的反應或許只是因為外頭太冷而流鼻水而已。

「那個……葵小姐。」

「哇！靜奈！」

「您辛苦了。不知道我交給您的藥劑成效如何……」

靜奈不知何時已來到我身後，臉上帶著忐忑神情悄聲問我。她應該很擔心藥劑有沒有奏效吧。

我握住她的手，堅定地點點頭。

「當然，非常成功喔！大家都很驚訝！沒想到靜奈妳竟然在進行如此厲害的研究，隱世的救世主非妳莫屬了！」

「不，這絕非光憑我一己之力能完成。原本是基於砂樂博士長年以來的研究，再加上我想治好師傅的傷而進行的研究，兩者合一之下，最後以這樣的形式派上用場。」

我想，這項研究所經歷的漫長時光與險峻過程，應該遠超乎我的想像吧。

「溫泉師專用研究室中的眾多成員也貢獻了許多努力與新發現，才讓研究成果順利趕在今天以前問世。」

謙虛的靜奈客氣地為我說明。

此時，在我身旁的大老闆發現了靜奈。

「謝謝妳，靜奈。多虧有妳，我這條命才得以獲救，妳徹底戰勝了邪氣。」

他向靜奈深深致謝，慰勞她的努力。

靜奈則流下感動的淚水，一邊用纖纖玉指拭淚，一邊向大老闆宣誓今後也將繼續投身於研究。

「欸～別忘了我呀～」

「哇！春日？」

「噢！春日，妳這身和服真美～」

現在已是北方八葉之妻的春日，不知何時笑咪咪地來到我們面前。

她身上穿的當然不再是過去擔任天神屋員工時的女服務員裝扮，而是北方大地風格的高級和服。身為春日前室友的靜奈對於這場重逢感到相當喜悅。

我雖然早已在八葉夜行會現場見過她，不過當時沒機會對話。

正當我們在原地聊得熱絡之時，身為春日前上司的阿涼也發現她的存在，對於她在場一事相當驚訝。

「妳不是才剛受過重傷嗎！怎麼會出現在這裡！」

「呃嘿嘿！我忍不住跑來了，因為心想也許能見大家一面。不過還真是佩服天神屋呢，從毫無勝算的困境中成功大逆轉。小葵剛才也精神奕奕地葬送了雷獸，靜奈的藥劑也立下大功，阿涼小姐嘛……阿涼小姐有啥貢獻嗎？」

「真沒禮貌耶！我好歹也親手迎接新生命的到來，剛完成了重責大任呢！」

「啊哈哈！我知道，我知道啦。其實我剛才聽葉鳥先生說了，阿涼小姐還是一樣，是個只要有心就無所不能的女二掌櫃呢。」

「我說妳啊，是故意來嘲笑我的對吧？」

「才不是咧，阿涼小姐～」

春日與阿涼的對話仍一如往常，讓我和靜奈相視之後咯咯笑出聲。

這兩人雖然愛鬥嘴，但感情還是一樣好。

春日突然「啊」了一聲，走向正帶著微笑旁觀我們一群女生閒聊的大老闆面前，優雅地點頭致意。

「天神屋大老闆，這次一系列事件能徹底逆轉，往好的方向發展，真是太好了。我想我們冰里城的城主阿清也能放心了，當然也包含我在內。」

春日落落大方地問候大老闆的模樣，甚至散發出八葉之妻應有的威嚴。熟知她原本性格的天神屋成員們，全都看得愣住了。

「春日妳也辛苦了。為了我的事情，害妳受累了。我聽聞冰里城這次各方面鼎力相助，下次我再正式拜訪一趟，向清殿下道謝吧。」

「屆時我們會在北方大地用最高禮遇招待您的，畢竟小葵也在這片土地留下了許多貢獻。」

北方大地，被封閉於冰雪之中的冰人族領地。

若不是因為大老闆一事，天神屋與那片土地恐怕也不會建立出深厚的關係吧。

想到這裡，便覺得命運跟緣分真的很神奇，就連危機也可能成為雙方搭上線的契機。

「那我先走一步啦，阿清還在等我！」

「嗯嗯，春日妳保重喔！要跟清大人過得幸福。」

「好好好～小葵妳也是喔～」

接著她從圍成一圈的天神屋成員之中抽身離去，回到在宮殿出入口等她的清大人身邊。春日的祖母——夏葉女士也在那邊，一行人向我們低頭致意後，便往停有飛船的泊船口離去了。

春日雖然身受重傷，仍為了支持清大人，並且親眼守護大老闆與天神屋的後續發展，不惜帶傷來到這裡。

我必須從她身上多多學習做為八葉之妻該有的風範。

畢竟我既然下定決心要成為大老闆的妻子，就得背負起許多應盡的責任與應有的覺悟。

大家彷彿說好了輪番登場一般，此時折尾屋的亂丸、葉鳥先生與秀吉來到現場。

「在你們聊得正熱絡時打擾了，不過繼續在這裡吵吵鬧鬧可會影響其他人的，畢竟現場還有記者在。」

亂丸這番話實在太中肯，讓天神屋的大家面面相覷，不好意思地說著：「好像有道理。」

亂丸接著使了個眼色給折尾屋小老闆秀吉，秀吉便點點頭，舉起擴音器。

「天神屋的各位，折尾屋在船上準備了宴席，不如移動到船上飲酒作樂一番吧。此方案包含接送到府服務，會把各位一路送回天神屋。」

「噢噢，這實在感激不盡！折尾屋的各位，這次真是各方面承蒙照顧了。」

「這是『天神屋團體宴席接送行程』的套裝方案啦。事後會好好跟你們請款的。因為預想到今年過年期間會很忙亂，所以折尾屋也沒營業。我們的營收全靠這場宴會啦，你們盡量大吃大喝吧。」

「噢噢……不愧是亂丸，連這種時候也不錯過商機……」

「那還用說，我們對天神屋伸出援手的先決條件就是這個啊。」
簡單來說，他似乎已先和白夜先生談妥了這場交易。
這強大的企畫能力連大老闆也感到震驚。不過，亂丸要求的交換條件也只有回程的飛船接送與宴席準備交給折尾屋包辦而已。光是這樣就願意一口答應在這次棘手事件中為我們出力，還是非常感激他。
「不過你還真是變得圓融多了啊，亂丸。」
「我只是各方面對你們死心罷了，畢竟跟你們互鬥也得不到任何好處。」
「啊、哈、哈！」
「你笑什麼笑，大老闆，實在不像個險遭活埋的傢伙。」
我想大老闆的這部分性格，正是亂丸口中所說的，讓他「死心」的因素了。
沒多久以前，天神屋跟折尾屋還是水火不容的死對頭，現在卻像一切都沒發生過。
「呵呵！」
「幹嘛？津場木葵，不許連妳也笑得那麼噁心。」
「好啦好啦，亂丸，今天就放過我們吧。」
「唉……真是一群讓人想生氣也提不起勁的傢伙。」
亂丸露出一臉受不了的表情，然而，現在就連這樣的他，在我心中也已是等同於自己人的可靠存在。

同時，也是最可敬的對手。今後當天神屋陷入困境之時，想必他也會伸出援手吧。

而當折尾屋有難時，天神屋也必定第一個趕到。

「不過話說回來，這一次還真是完美地落幕呢。經歷這一整個月的風風雨雨，一切總算塵埃落定啦。妳說對吧？小姐。」

葉鳥先生莫名摟住我的肩，一臉得意地對我拋了個媚眼。

「葉鳥先生，你壓得我很重。」

「啊哈哈！未來天神屋八葉之妻要背負的重擔，可不只這種程度喔～」

他說得一派輕鬆，我卻只能苦笑。

的確，接下來才是最難熬的時刻。天神屋的名聲已一落千丈，而我決定嫁進這樣的天神屋，成為大老闆之妻。

「啊……」

剛才彷彿……在宮殿的殿頂上看見了黃金童子大人的身影。

黃金童子大人。

起初我完全不明白您的所作所為有什麼用意。

然而，在您的眼裡是否早已預見到這樣的未來呢……

「好了，快點上船吧。大老闆，我還有一門生意要找你談談。」

「關於針對邪氣的特效藥是吧？」

「是啊。畢竟這或許能成為一個線索，有助於找到方法來應付降臨在南方大地的詛咒。」

已開啟商務模式的大老闆與亂丸一邊交談，一邊搭上折尾屋準備的飛船。秀吉則舉起慣用的擴音器扯開嗓門，引導天神屋的妖怪們登船。

折尾屋的員工們正從自家旅館的巨大飛船上對我們揮手。

雙胞胎廚師、女二掌櫃寧寧、首席溫泉長時彥先生以及宣傳部長信長也都在場。一想到有機會能與他們久別重逢就覺得開心。

事不宜遲，我打算快點跟著登上飛船，就在此時——

「抱歉來晚了，我們也要上船！」

「啊！銀次先生！」

銀次先生與白夜先生正好從宮殿那邊現身。

由於銀次先生身負重傷，剛才在白夜先生陪同下前往宮殿內的醫務室接受治療。治療似乎已經完成，他目前看起來毫無異狀。

我趕緊奔向他們。

「不急不急，銀次先生！你的側腹部被雷獸咬傷不是嗎？已經不痛了？」

「是的。在宮中的醫務室能接受最先進的治療，而且也吃了葵小姐親手做的生銅鑼燒。」

「啊哈哈，我做太多而剩下來的生銅鑼燒能立下大功，真高興……」

沒想到能如此大展身手，也順帶讓這款甜點附加了許多話題性。

天神屋未來的豆沙類甜點新招牌，就決定是這道生銅鑼燒了。畢竟妖怪都追求戲劇性。

……你說是吧？雷獸。

「銀次先生，辛苦了。真的辛苦你了。」

「葵小姐您也是，我一直相信您一定能帶著大老闆歸來。」

銀次先生露出溫柔微笑。他的這句話頓時解開了我心中緊繃的思緒，突然有一股想哭的衝動。

「咳咳！恕我在這感人的時刻說一句……我自認也盡了不少力。」

啊，都忘了白夜先生也在場。

「當、當然啦，白夜先生。沒有你的話，天神屋現在早已分崩離析了。」

「就是說呀！正是因為有會計長殿下您在，天神屋上下才能團結一心。」

我們努力奉承著沒得到任何稱讚而有點喪氣的白夜先生。

他以摺扇掩嘴，用質疑的眼神盯著我們看。結果……

「沒事，我開個玩笑。」

「原來白夜先生也會開玩笑啊……」

「快上折尾屋的飛船吧，剛才已經先上船的大老闆正一臉寂寞地從甲板上朝這裡看呢。」

「啊，真的耶。」

不愧是白夜先生，隨時隨地都能掌握大老闆的動靜。

於是我們趕緊上船。這艘豪華的巨大船隻據說是折尾屋前陣子購入的最新型飛船「天竺號」。

我們的宴會就在日出時刻於天竺號的甲板上舉行。

在這不像妖怪作息的時段，南方大地特產的海鮮料理與引以為傲的極赤牛燒烤等山珍海味上桌，大家熱絡地談天說地，酒足飯飽。

所有人應該都早已精疲力盡才是，卻用盡所有力氣享受這個歡樂時光，我想是為了將今天這個日子永遠刻劃在記憶裡。

這是天神屋上下齊心協力贏回來的勝利。

包含彼此建立起的羈絆與信任。

而我也一樣。從昨天就經歷各種風波，身體已徹底累壞了，大腦卻還不想睡。

因為我不想錯過重要的某一刻……

在這個鬧哄哄的時候，白夜先生見大老闆似乎有話想對大家說，便清了好幾次喉嚨，但這次卻沒有任何人聽見。

「所有人保持肅靜！」

於是他搶下了秀吉的擴音器大喊。

整個會場頓時鴉雀無聲，不愧是白夜先生。

「各位，從我離開天神屋到今天為止，這段期間感謝有你們為我奔走整個隱世、四處向人低頭，並奮戰到最後。謝謝你們守住天神屋，你們都是我的家人。雖然我也曾一度有些灰心，不抱希望能回到名為天神屋的這個大家庭。但……我很慶幸自己沒有放棄，我已經等不及回到我們的家了。」

好想回到天神屋。

這肯定是長期間沒能回家的他，內心最深切的願望吧。

「『都是我害了你們』這種說法對於努力付出的你們而言太失禮了，所以我不會道歉，但今後的日子應該會更辛苦吧。我發誓會賭上自己的一切來復興天神屋。或許會花上很長的時間，但希望你們能借我一份力量。」

大老闆的這番話讓天神屋所有員工送上熱烈的掌聲。

曉那傢伙還一邊嚎啕大哭一邊用力拍手，喝醉的阿涼則用力拍著他的背。

「來，請各位也為這次不遺餘力提供協助的折尾屋同志們獻上感謝的掌聲。未來有什麼事儘管向天神屋開口，我們絕對兩肋插刀。」

「這還用說，大老闆。我很期待你們的回報喔。」

亂丸邊舉起日本酒的大酒瓶邊回答，折尾屋的員工則喊著「沒錯」「沒錯」紛紛發出噓聲。不過，也算是充滿愛的噓聲就是了。

「好了好了，我還有件重要的事情要跟大家報告。」

「？」

天神屋所有人的表情都微微僵住。

該不會是要退下天神屋大老闆的位置了──現場同時傳出諸如此類的謠言。

然而大老闆用眼神搜尋著我，發現我在離他有點距離的地方大口大口暢飲芒果汁，便特地走過來，把我帶往所有人都能清楚看見的位置。

呃，咦？幹嘛？

大老闆把我往前推了一步，同時說道。

「各位，聽我說，我和葵總算正式決定成親了。」

「……」

咦……？

現場就是這麼安靜。這消息宣布得太過突然，連我也瞪大了眼，抬頭望向大老闆。接著……

「恭喜兩位！」

「總算啊～～」

「等好久啦～～啊～～真的是等了好久啊～～」

四處再次響起熱烈的掌聲與喝采。這跟我剛來到天神屋時得到的反應完全相反，讓我又驚又喜，又有一點點感動。

原來，現在的我已經成為這個大家庭的一員，能受到大家的祝福了。

「呃，你別挑這麼突然的時間點宣布啊大老闆！我都還沒做好心理準備，很難為情耶！」

「哈哈哈！妳都滿臉通紅囉，葵。況且，當初哭著發下豪語要跟我結婚的人明明是妳啊。」

「是、是這樣沒錯啦！但當時是因為……怎麼說……就是，一時衝動那樣。」

「咦……怎麼這樣……所以妳還是不想結婚嗎？」

大老闆瞬間沮喪到極點。

我開始有點頭暈眼花了，於是——

「啊啊好啦！不跟你吵啦！」

我跟亂丸一樣認輸了。這方面我實在贏不過大老闆。

接著，我激動地舉起裝著芒果汁的玻璃杯，向大家做出宣言。

「對啦！我決定要跟大老闆結婚了。各位，以後還請多多指教囉！」

「噢噢噢噢噢噢噢噢！」

是的，我要嫁進妖怪旅館了。

我一口喝乾芒果汁，不知道是情緒激動還是自暴自棄宣布結婚的關係，果然覺得一陣暈眩。

這果汁明明不含酒精的，我卻渾身發燙。

「葵……」

大老闆扶住我的肩。

「妳從昨天就忙到現在，真的太賣命了，應該很累吧。要不要稍微睡一下？」

「不了，我要醒著。」

「為何？」

因為……

「這個嘛，因為我不想錯過某個畫面。」

空氣的味道變得不太一樣了。

這是屬於鬼門之地的早晨氣味，就連我都不禁有些懷念。

往正下方俯瞰，所見到的是妖怪旅館——天神屋。

明明是一大早，獨眼女掌櫃與眾接待員、門房跟溫泉師卻全在高掛著無數鬼火的天神屋前等待。

率先走下折尾屋飛船的是前往妖都迎接大老闆的天神屋員工們，然後才是各幹部。

所有員工與幹部聚集在天神屋前回過頭，朝著最後下船的大老闆深深鞠躬。

「我們一直等候著您的歸來，大老闆。」

這將成為永生難忘的一幅光景吧。

回來了，真的回來了。

帶著大老闆，所有人一個不少地回到這間天神屋。

「大家……」

大老闆就像個總算踏上歸途的孩子，也像完成工作後回家的父親，又像結束漫長旅行後落葉歸根的旅人……

他臉上浮現略帶感傷的笑容，並如此回應──

「是啊，各位，我回來了。」

我拉住大老闆的手。

走下了船，對折尾屋的大家揮手告別後，他走向許久未能歸來的天神屋。

天神屋還是沒變，以寂靜卻又莊嚴的姿態，在原地等待著主人回來。

「天神屋……」

大老闆在玄關前停下腳步，沉默地抬頭仰望了天神屋一陣子。員工們則靜靜地用眼神守候著這樣的他。

是的，大老闆要回歸天神屋了。

──這就是我期盼了好久好久的畫面。

「打擾各位一會兒喔～請大家站在原地朝向我這邊，然後往中間靠攏～」

「啊，千秋先生。」

門房長千秋先生不知何時已拿著一大台相機，準備就緒。

「我從文門研究所借了妖怪照相機過來啦～用這個拍出的照片，在隱世可以照實顯現出妖怪的外貌，外流到現世的話則會修飾成人類模樣，很優秀的。而且還是彩色照片喲。為了替今天這個大日子留下紀念。」

於是我們便在這樣一個大清早，以一身狼狽不堪的模樣排排站在天神屋前，露出不像妖怪會有的滿面笑容，準備合照。

「三、二、一，要拍囉～～」

快門聲響起，替天神屋的歷史刻下了一幕。

從此刻起，我們將在這間名為天神屋的妖怪旅館，重新開始。

第八話

早春（上）

天氣仍依然帶著寒意，但春天的腳步確實近了。

距離新年的八葉夜行會事件落幕已過了一個半月，我仰望著盛開於天神屋中庭的濃豔梅花，不禁想起祖父忌日即將到來的事實。

而這也代表我被抓來天神屋至今已快滿一年了。

這短短一年內實在經歷太多，多得我不知該從何說起才好。

對於天神屋而言，我想也是充滿動盪的一年。

「相較之下，我待在夕顏的時間反而意外沒什麼成就耶……」

我發出幾乎只有自己聽得見的輕聲嘆息。

夕顏是我的根據地，這是無庸置疑的。但我認為這間食堂今後還有很大的成長空間。

為了讓這裡不再是天神屋內最冷門的地段，可以成為一個為顧客與員工帶來歸屬感的舒適天地。

「葵大人～您在偷什麼閒呀～今天可不能這麼悠哉啊～」

「知道啦，小愛，我這就過去。」

已徹底獨當一面的眷屬小愛在夕顏門口催促著我。
我抱起竹簍走回夕顏，竹簍裡裝滿利用天神屋地熱栽培而成的番茄。
這是由靜奈帶領的「溫泉師專用研究所」裡的妖怪們送我的。
「葵小姐～今天有什麼活動嗎～」
小不點向腳步急促的我發問。他似乎剛跑去梅樹下玩回來，背上的甲殼卡了一朵朵梅花。
「嗯嗯，今天夕顏有包場，要招待特別的客人。」
「特別滴客人～？」
小不點將梅花一朵朵擺在夕顏的櫃檯上，同時歪頭不解地問我。
「妖王大人和竹千代大人要大駕光臨。」
「啊～隱世最偉大滴妖怪對吧～之前把雷獸先生扔得遠遠滴那個人～」
「總覺得你的解讀哪裡不太對，不過差不多就是這樣啦。律子夫人與縫陰大人也會一同蒞臨，所以我也必須努力展露一手廚藝囉。」
「您要煮什麼呢～」
「呵呵，客人有指定菜色喲，是牛肉燴飯。」
「啊～」
這是一道源自日本的西式料理。
聽說是喜愛西餐的縫陰夫婦，推薦了對現世時髦飲食很感興趣的妖王大人這道牛肉燴飯的美味，所以妖王大人才說想嘗嘗看。

另一部分則是因為竹千代大人也想見我一面，於是妖王家一家人便決定挑在八葉夜行會後續處理告一段落的現在，前來光顧夕顏。

「葵大人，南方大地的極赤牛肉片送來了。」

「噢噢，這肉質看起來還是一樣如此令人垂涎。紅酒的部分我也拜託銀次先生四處找找，總算設法弄到手了。事不宜遲，馬上來製作吧！」

「好的。」

我找了小愛當助手，著手進行牛肉燴飯的製作。

洋蔥切絲的工作交給她，我則負責把南方大地特產「極赤牛」的牛肉片切成方便入口的寬度後，灑上鹽和胡椒抓揉入味。最後還要均勻抹上低筋麵粉。

「洋蔥絲切好了。」

「謝謝妳，小愛。番茄也麻煩幫我全數下鍋汆燙後剝皮。」

「是！」

小愛精神抖擻地敬禮，隨即俐落地將大量的番茄去除蒂頭，以便進行接下來的汆燙去皮作業。

我從冰箱內拿出北方大地盛產的「奶油」，放入熱好的鐵鍋裡待其融化，然後把極赤牛的肉片下鍋均勻翻炒。

炒好的牛肉先起鍋備用，繼續用同一只鍋子加點奶油來拌炒洋蔥絲與蒜末。灑上低筋麵粉後繼續慢炒至呈現焦糖色。

此時倒入紅酒進行燉煮，煮至滾沸並且散發香氣後，把炒好的牛肉重新下鍋，並加入小愛幫忙汆燙去皮的番茄、手工番茄醬與蠔油、文門之地開發的雞湯塊、鹽與胡椒，以及提味用的蜂蜜、味醂跟醬油少許，接下來繼續燉煮一段時間。

啊啊，真誘人的香氣……

這道簡易版的牛肉燴飯雖然沒有使用多蜜醬，但這樣反而不會過於濃郁膩口，美味得令人白飯一盤接一盤，應該能打中愛吃米飯的妖怪。

至今為止大家都堅持點咖哩飯，這次招待妖王家的貴賓享用新菜色牛肉燴飯，或許有望成為一匹黑馬，躍身為夕顏的新招牌菜色。

「不過嘛，也得先受到好評就是了。」

還是別想得太貪心，只希望能讓今天的客人吃得滿意。

尤其是百忙之中抽空前來的妖王大人，我可不想辜負他的期待。

我俐落地完成其他料理的前置作業，並把燉煮過的牛肉燴醬先熄火靜置一段時間，因為這道料理放涼之後會更入味。

正打算接著製作甜點時，小不點悠悠地說了一句。

「啊～飯後甜點是一大關鍵呢～無論前面滴料理再怎麼美味，最後上桌滴甜點只要一遜色，一切就前功盡棄惹～」

「小不點，我真沒料到會被你施加壓力啊。」

但他說的也有一番道理，必須卯足全力迎戰了……

那麼接下來製作本日甜點——地獄蒸氣手工布丁。

這是使用鬼門之地這裡的食火雞所產下的濃醇雞蛋為原料，以鬼門溫泉蒸氣蒸製而成。

說起布丁這甜點，現代主流是滑順咕溜的口感，不過今天要做的是紮實版本的古早味蒸布丁。

布丁要好吃，首要關鍵在於焦糖醬，好的焦糖醬是襯托布丁美味的綠葉。

在小鍋內加入砂糖和水之後開火加熱，持續用木鏟攪拌至散發焦糖特有的香氣並且轉為深色時加入熱水。準備數個適合製作布丁的金屬容器，將煮好的焦糖醬適量倒入備用。這項作業就交給小愛來負責。

接著要製作最重要的布丁液。

材料只有雞蛋、牛奶與砂糖這三樣，簡單的材料最美味。

首先用鍋子加熱牛奶，並將食火雞蛋與砂糖倒入調理盆內攪拌均勻，再將加熱好的溫牛奶倒入盆內一起攪拌。將布丁液用濾網過篩後倒入剛才裝有焦糖醬的金屬容器。再來只需用鬼門之地的優質溫泉蒸氣蒸熟即可。

將布丁杯一一排放在大蒸籠裡，我和小愛便一起端著蒸籠前往能進行「地獄蒸」的設施——

從後山竹林前經過一條地藏像與石燈籠林立的小徑，就能抵達天神屋的祕密基地。

將擺了布丁的蒸籠放入設置於此的「地獄釜鍋」，等待布丁蒸好出爐。

大約五到十分鐘的時間就能蒸好，於是我馬上拿起來確認硬度。

「好，接下來只要冷藏就行了。等稍微放涼之後就運回去吧。」

「啊，熱熱地拿也可以喲～畢竟我是鬼火。」

「咦！真的假的，好強。」

於是小愛便幫忙抱著裝了熱騰騰布丁的蒸籠，一路運回夕顏。

不知不覺之間，她的力氣已變得不是普通地大，該說真不愧是鬼製造出的鬼火嗎……身強體壯又耐操。

「葵～我已經等得不耐煩啦～」

「啊，是阿涼。」

回到夕顏時發現阿涼已來到店裡。她坐在吧檯前玩弄著幫我顧店的小不點，用手指按著他的肚子當消遣。

「妳在休息喔？」

「是呀，因為今天也沒啥客人上門嘛。雖然正值淡季也是其中一個因素，但各方面果然免不了受到影響呢。」

「……」

沒錯。雖然現在天神屋有大老闆回來坐鎮，但他身為邪鬼一事對營運上也產生些許影響。

妖王大人認可大老闆的身分，把領導天神屋的職責再次交付給他，但隱世的妖怪們大多數還是對於落入悲慘末路的剎鬼之化身──「邪鬼」抱持著不信任與恐懼。明明大老闆連靈核都沒了，根本已稱不上是邪鬼。

天神屋今天似乎也有將近一半的客房空著。與原先的人氣相比較之下，來客數確實驟減，但還是有客人願意上門光顧。

現在能做的只有提供最賓至如歸的服務，一步步地重新建立起招牌。

我也在夕顏盡自己所能吧。

「對了，葵，這股香味是什麼？」

「喔喔，是牛肉燴飯喲。把牛肉用番茄和紅酒一起燉煮而成的料理，淋在飯上享用。」

「嗯哼？跟咖哩不一樣嗎？」

「乍看之下外觀很相似，但除了鹽跟胡椒以外沒有使用其他香辛料，滋味迥然不同喲。現在還在靜置入味的階段，不嫌棄的話要不要幫我嘗嘗看味道？我打算拿這道招待妖王大人，需要真實的意見。」

「咦！拿我來替妖王大人試毒，也太可怕了！啊……不過我還是想嘗嘗這個叫什麼牛肉燴丼的東西。」

「才不是試毒，而且也不是丼飯料理啦……好啦，算了不重要。」

於是我決定請阿涼試吃我的自製牛肉燴飯，至於布丁則因為數量有限，只好藏起來以免被她發現。

「哦～這還不錯嘛。」

「調味再甜一點會比較好嗎？」

「嗯～不，我覺得這樣剛好，而且洋蔥本身就帶鮮甜。畢竟妖都那邊的居民比較偏好品嘗蔬菜本身的風味。」

「啊啊，原來如此。」

沒想到阿涼意外地給了我精準的建議。

有請她試吃真是太好了。

「歡迎蒞臨，已恭候各位貴賓多時。」

平常總是由銀次先生和我一同迎接客人，不過身為小老闆的他被交付了「春日櫻花季」的活動籌備工作，這次便由我和小愛兩人負責招待。

迎賓是由大老闆親自引導妖王一家人來到夕顏，再由我們在店面迎接。

「這裡就是葵的食堂啊。小小一間，好像隱密小店！」

「好了好了，竹千代大人，不能用跑的喲。」

「上次來到這裡已是半年前的事了吧。」

初次來到夕顏的竹千代大人相當興奮，律子夫人便出聲提醒他。縫陰大人則對於睽違半年再訪這間店感到十分期待。

而正當我疑惑怎麼不見妖王大人的蹤影……才發現他穿著長版外褂，臉上戴著墨鏡，以一身似曾相識的詭異打扮跟在一行人最後方。

「呃，是妖王大人……沒錯吧？您這身裝扮是……」

「啊，喔喔。我今天穿的跟遇見『夜鷹號的姑娘』那時一模一樣。」

妖王大人點點頭，摘下墨鏡。

呈現雙同心圓紋樣的那雙眼，無論見過多少次還是令我看得幾乎入迷。

真懷念。當時我還不知道對方就是妖王大人，用沒大沒小的態度招待人家。

恐怕是因為他的存在無人不知，才進行喬裝的吧。畢竟那時候我也覺得這客人很眼熟。

正因為沒有自由，所以他總是不時進行喬裝，走訪自己感興趣的地方。

既然這一次選中了夕顏，希望他們能好好享受這一餐，讓今天成為一個難忘的特別回憶。

「各位麻煩往這裡喲～」

小愛幫忙將一行人帶往預先布置完畢的包廂座位。

前菜我準備了油菜花雞蛋沙拉佐酥脆培根、春產高麗菜濃湯。由於油菜花本身帶有些許苦味，所以搭配自製凱薩醬營造出順口的風味。

春產高麗菜濃湯則使用春天採收的高麗菜與洋蔥，加上馬鈴薯一起用奶油拌炒後燉煮至蔬菜鮮甜完美釋放，再用金魚缸造型調理機打成泥狀，並加入牛奶、鹽與胡椒調味而成，口味十分簡樸。

我選用各種在春季特別美味的當季蔬菜，希望能讓他們享受食材本身的天然風味。

「呵呵，油菜花是妖王大人和縫陰大人的最愛，當然我也是。不過竹千代大人似乎還不太敢吃就是了。」

「可是……既然是葵做的，我就吃。」

竹千代大人一邊說，一邊夾了許多培根與雞蛋的部分配著沙拉吃。他似乎很中意酥酥脆脆的培根，稱讚培根能增添口感的趣味性，搭配著一起吃更美味。

希望能讓他多少對於油菜花改觀。

「其實我祖父也最喜歡吃油菜花了。」

「哦？竟然跟津場木史郎有相同的飲食愛好，感覺心情很微妙呢。對吧？妖王。」

「呃，嗯。」

妖王大人正啜飲著高麗菜濃湯的同時，聽見祖父名字而表情一驚。

我心裡緊張著或許他對祖父沒什麼好印象，不過還是前去準備今日貴賓們所指定的牛肉燴飯，試圖用主菜來緩和現場氣氛。

把碗狀的白飯盛裝在扁平的盤上，完美地淋上一圈熱騰騰的紅褐色牛肉燴醬，再放上翠綠的青豆仁增添色彩。

濃郁又帶著光澤的牛肉燴醬包覆純白的米飯，牛肉與洋蔥鮮味徹底釋放於醬汁中，令人食指大動。就連我自己都開始覺得餓了，但現在要忍住。

「這是今日的主餐——牛肉燴飯。牛肉選用南方大地的『極赤牛』；番茄則使用由天神屋地底栽培技術所種植出的作物。另外，米飯則是替各位準備了鬼門之地的品牌米『鬼穗香』。」

每一樣素材都是我心目中的逸品。

這一年的時間裡，我認識了許多鬼門之地這兒與各地的特產，持續構思著能活用這些食材的料理。

「噢！這道牛肉燴飯！醬汁凝聚了番茄的酸、洋蔥的甜以及牛肉的鮮，實在美味，同時竟然還能保有洋蔥的爽脆口感。」

「我有另外放一批炒洋蔥下去，跟燉煮時使用的區分開來。」

「紅酒的香氣恰到好處，濃醇之中卻又如此清爽順口，究竟是如何辦到的？」

「我想是加了醬油跟味醂的緣故。對於日本人與妖怪來說，這樣的調味都比較合胃口。」

律子夫人與縫陰大人在品嘗的同時向我發問各種問題，並且回饋感想給我。

同一時間的竹千代大人正陶醉地大快朵頤，妖王大人則是靜靜地享用。

「還合兩位的口味嗎？竹千代大人、妖王大人。」

我稍後詢問了他們的意見。

「好好吃！我還要！」

竹千代大人稚氣地舉起空盤。

在宮中時總是威風凜凜，小小年紀就散發出威嚴感的他，來到外頭卻變得和外表年齡一樣稚嫩。這正是竹千代大人可愛之處。

妖王大人也在吃得一乾二淨之後，輕吐了一口氣說道：

「嗯……這道牛肉燴飯的美味遠遠超過我原先所想像。光就那濃稠的褐色外觀來看，難以相信竟是如此有層次的風味，而且非常下飯。」

「呵呵，這種濃稠的褐色醬汁正是各種美味凝聚其中的證據，我認為長這樣的料理基本上都很適合配飯吃。」

比方說咖哩啦、牛肉燴飯啦。

接下來我繼續招待了幾樣下酒小菜，在貴賓們一邊聊天一邊度過悠閒時光後，端上了今天最後一道手工布丁。

「讓各位久等了，最後一道甜點是『天神屋地獄蒸氣布丁』。選用了鬼門之地的『食火雞』所產的雞蛋與北方大地產的新鮮牛奶製作而成，請搭配微苦的焦糖醬來享受雞蛋本身的風味。」

高腳的玻璃碗中裝著小巧的布丁。

帶有光澤的褐色焦糖醬緩緩流下，累積於碗底。這樣的賣相也自有一股古早味布丁的懷舊風情。

用湯匙挖開這座充滿彈性的黃色山脈，沾上沉積於碗底的焦糖醬，送入口中後……

「唔哇——口感彈性十足又好甜！真好吃！」

「噢，真是濃醇的滋味，焦糖醬的苦味更能襯托布丁的甜呢。」

竹千代大人與律子夫人都用手捧著臉頰，眼中散發出光芒。

「食火雞雞蛋果然風味絕佳。品名裡的『地獄蒸氣』是指利用鬼門之地的溫泉蒸氣所蒸製而成的嗎？」

縫陰大人不愧是位博學多聞的人物。

「是的。利用從天神屋地底湧出的優質鬼門溫泉所產生的蒸氣來蒸製，所以我想蒸出來的布丁也能反映出溫泉的優點。地獄蒸氣可以提升風味，讓成品更添濃醇。」

「……鬼門溫泉是嗎？」

妖王大人凝視著吃到一半的布丁，突然低聲呢喃。

鬼門溫泉——這珍貴罕見的藥泉裡，正蘊藏著拯救隱世未來的力量。

利用其蒸氣製成的這道布丁讓妖王大人有何體會、有何發現，又是帶著何種心情品嘗的呢？

「津場木葵小姐。妳去了那座迷宮牢獄對吧？」

「咦……呃，是的。」

突然被問起當時的事，讓我不自覺站直了身子。

在八葉夜行會即將開始前，我借助砂樂博士與竹千代大人的力量，一路往下深入妖都宮中地底最深處的迷宮牢獄。那裡原本是個禁地。
我緊張地心想可能要被妖王大人訓一頓了，結果……
「其實，我跟津場木史郎的第一次相遇，就是在迷宮牢獄裡。」
「咦？」
「那個男人曾隻身闖入其中，想當然耳沒能成功脫困，似乎在迷宮牢獄裡徘徊了一陣子。」
當時還是個人類學生的津場木史郎，在隱世掀起各種大風大浪。
據說他有多次偷偷潛入宮殿的前科，某次發現了迷宮牢獄的存在，擅闖其中。
然而，沒有妖王家遺傳的眼瞳，在迷宮牢獄內是無法前進與折返的。
據說就在他受困其中時，巧遇了走訪迷宮牢獄的妖王大人，在對方好心幫忙下，被帶回了地表之上。
但就在順利脫困的瞬間，他馬上拔腿逃跑了……呃，嗯，這段軼事很有爺爺的風格。
「真是個難以理解的男人。明明自己胡作非為跑進那種地方，受困也是自作自受，卻擺出高傲的態度命令我把他帶回地面上……」
「非常抱歉，我家的祖父失禮了。真的很抱歉！」
我拚了命地猛賠不是。竟然對妖王那樣頤指氣使，實在大不敬。
然而，妖王大人的表情卻意外地溫和……
「我帶他離開時，一路上也聽他說了許多現世的趣事。跟他聊天的時間實在快樂得難以言喻……於是我提出了帶他重回地面的交換條件，就是他今後也要常來找我，跟我說說現世的故事。然後那個男人就答應了。」

「所以在那之後，您還有跟爺爺……不，津場木史郎碰面嗎？」

「嗯，不定時偷偷碰面。明知道要是被宮中那些人發現會免不了一頓罵。」

爺爺果然被宮中視為眼中釘啊。

但他卻和妖王大人維繫著這段神奇的緣分。

「……對了。」

妖王大人似乎突然回想起什麼，略微抬高視線。

他用那對充滿神祕感的雙同心圓紋樣的眼瞳仰望著。

「我記得他曾說過在迷宮牢獄弄丟重要的東西，我也答應了會幫他找找，但直到最後仍沒能替他找回來。」

「……弄丟了東西？」

那指的是……

我抱著一絲可能性，取得許可後回到自己的房內拿了某樣物品後回到夕顏。

接著我把東西拿給妖王大人看，是一本老舊的學生手冊。

「其實我當初在迷宮裡撿到了這樣東西。」

「這是？」

「爺爺的學生手冊，我想應該是他在現世就讀的學校發的。」

「……」

妖王大人瞪大雙眼。

他的反應就像能從中感受到津場木史郎殘留的靈力。

「我在那座迷宮牢獄裡遇見了爺爺，是年輕時的他……想必是闖入迷宮牢獄當時的他吧，爺爺在我遇險時救了我一命。」

然後對我說「要過得幸福」……

他當時已清楚理解我就是他未來的孫女，送給我這句一輩子也不會忘的珍貴祝福。

其中的道理我現在仍不明白，但爺爺肯定在這本手冊裡施下了某種法術吧。

「……這樣啊。」

妖王大人遍尋不著的遺失物，最後被我輕易撿到，實在是很神奇的一段遭遇沒錯。卻不知妖王大人做何解讀，他今天第一次笑出了聲。

「哈哈哈，原來如此。當時的約定由孫女繼承了是嗎？」

「約定……嗯，的確呢。」

過去好像也曾有人如此告訴我。

妖怪非常長壽，人類的生命卻相當短暫。

因此人與妖之間立下的約定，有時會由其子孫來繼承。

就像我跟祖父這樣。
眾多的因緣與約定讓我存活、茁壯，為我帶來許多珍貴的東西。
比起初來到隱世之時，現在的我更深切地體悟到「與妖怪交換約定」的真正含義。
「對了，葵。妳和大老闆的結婚儀式要舉辦在何時，已經有想法了嗎？」
「咦？」
「對耶，聽說你們都正式訂下婚約了對吧。」
「呃，這個嘛……」
縫陰夫婦正是人類與妖怪共結連理的過來人。面對他們突如其來的提問，我當場僵住。
「呃，一切都還沒決定呢，那個……想說還不用這麼急這樣。」
「是嗎？真想快點親眼看葵小姐穿上禮服的模樣呢，縫大人您說是吧？」
「嗯嗯，既然都下定決心了，越早辦妥越好。畢竟人類跟妖怪能共度的夫妻時光是很有限的……」
兩人臉上的微笑雖溫柔，卻彷彿帶著一絲寂寞。
這番話具有無比的重量，無論對我還是大老闆而言。
他們充分明白這樣的夫婦關係中會有的喜悅、困難與寂寞。正因如此，這對夫妻最能理解我跟大老闆的處境，同時也不免替我們操心吧。
結婚儀式啊……

關於這件事我還沒跟大老闆進行過任何討論，不知道他今後打算怎麼安排。
比方說，結婚之後我在天神屋的職責是什麼？
可以按照自己的想法繼續經營夕顏嗎？

「嗯嗯？」
時間來到招待完妖王家貴賓們的隔天中午。
今天夕顏沒開店，不過為了某個即將到來的大型活動，必須進行準備工作。
我走出店外轉換一下心情，發現一位身穿日式作業服的青年正在打掃中庭。是沒見過的生面孔。
一開始我還摸不著頭緒對方到底是誰，仔細端詳之後才發現是大老闆化身成「陣八」外貌，也就是裝年輕版本的那個他。
「大老闆？」
「喲，葵。昨天完成重大使命真是辛苦了，妖王一家似乎非常滿意喔。」
「那就好。不過你在這做什麼？大家都在賣力工作，你卻在這裡偷懶。」
「才不是偷懶，我也很賣力啊。賣力把庭院掃乾淨。」
大老闆一臉清新爽朗的神情，擦著額頭上的汗。

「這不是鐮鼬的工作嗎？」
「我請他們專心執行護衛任務，因為妖王大人與竹千代大人會在館內待到今天下午。」
「啊，原來如此。」
「所以呢，我從一早就在清掃環境。要是被其他人看到身為大老闆的我在這裡掃地，不知道又會被念些什麼，所以我才扮成這副模樣。我連早飯都還沒吃呢。」
「你那雙閃閃發亮的眼神是怎樣，想跟我蹭一頓早餐嗎？」
「不愧是我的妻子，對丈夫的心思瞭若指掌。」
「你想吃什麼？」
我單刀直入地問重點，面對大老闆的裝傻連一句吐嘈也沒給。而他也依然故我地露出一張「等妳問這句等好久了」的表情，豎起了食指。
「其實有道料理我一直想嘗嘗。就是妳來到隱世時，第一次在夕顏做的那道『和風蛋包飯』。」
「啊，真懷念。」
那時候夕顏尚未擁有這個新店名，只是間座落在中庭等著被拆掉的老舊民宅。我在當時的店裡做了和風蛋包飯招待小老闆銀次先生。
那正是夕顏的原點。
製作雞肉炒飯並裹上蛋包之後，放上白蘿蔔泥與切碎的青紫蘇葉完成擺盤，再淋上少許橙醋醬或醬油享用——這就是美味的和風蛋包飯。
據大老闆說，自從他從銀次先生口中得知這道料理後，便一直很想嘗嘗看。
「這道料理又不費工，你早點開口的話，我早就做給你吃了……」
我將餐盤端給坐在夕顏吧檯前的大老闆。盤裡的和風蛋包飯賣相完美，上頭還冒著剛起鍋的熱氣。
「我開動了。」
大老闆握著湯匙蓄勢待發，他用湯匙吃著蛋包飯的模樣莫名可愛。
讓我忍不住直盯著他瞧。
「噢噢，我在現世嘗過的番茄醬口味蛋包飯也有著令人又愛又恨的誘人美味，不過這種搭配醬油或橙醋醬的和風蛋包飯口味清爽，也很棒呢。對妖怪而言，和風調味果然還是最對味啊。怎麼吃都不會膩，清淡順口不矯作……啊啊，雞蛋吃起來軟綿綿的，跟白蘿蔔泥微微的辛辣感意外地搭。」
「畢竟雞蛋捲有時候也會搭配白蘿蔔泥嘛。雞蛋本身清淡溫醇，白蘿蔔泥有畫龍點睛的效果。」
「沒錯，正如妳所說的……」
大老闆最愛吃的就是雞蛋，好奇這蛋包飯的滋味也是理所當然吧。

他一臉滿足地大口大口吃得精光。光是看他的吃相，就讓我也莫名陷入一種幸福感裡……呃，不行啦！雖然今天店裡休息，但還有各種準備工作等著我去忙。

葵，妳要振作點啊。

「我說葵啊。」

「嗯？什麼事？」

然而，當我為大老闆端上飯後熱茶時，他換上嚴肅的神情進入正題。

「我有點事情想跟妳談談，關於妳在現世的狀況。」

「……咦？」

這也是我來到隱世後一直避免去想起的問題。

大老闆一邊觀察著我的反應，一邊選擇最適當的說法繼續說下去。

「其實，妳目前處於大學休學一年的狀態，我透過現世的人脈請他們幫忙如此安排。」

「咦？這、這是怎麼回事？我什麼手續都沒辦就來到隱世，所以一直以為自己應該被當成失蹤人口，遭到退學處分了啊。」

大老闆見我慌了起來，於是安撫著我說：「妳先冷靜下來。」並要我坐在他旁邊。

「聽好了，我要告訴妳那天的事實真相。」

「事實真相？」

「事到如今說這些有點晚了，不過把妳抓走的當時，其實我原本是打算幾天內就送妳回現世的。啊啊，不過後來還發生了鈴蘭的事情，事實上妳也確實在一週後暫時回去了就是……」

與其說是擄人，正確來說大老闆的用意只是想先告訴我隱世的存在，以及向我說明爺爺替我結下的婚姻之約。如此而已。

「在史郎死後沒多久，我猜想妳心情也很消沉，所以想在櫻花盛開得最美的季節邀請妳來天神屋作客，然後打算問妳今後有什麼規劃。」

「欸，先等等。可是大老闆你一開始對我超冷酷耶？」

大老闆露出呆愣的表情。

「很大一部分的原因是一開始就被妳狠狠拒絕而大受打擊。」

「這、這件事我也是有點愧疚啦！畢竟婚約也是我在小時候自己主動說出口的……」

我遙望向遠方。

聽說最初是我先開口說出想跟大老闆結婚的。雖然原本早已徹底遺忘那段兒時記憶，但在大老闆提起之後，我開始想起似乎真的有過這麼一回事，但這就像大家小時候也會吵著要嫁給爸爸啊……

即使如此，大老闆仍老實地遵守那個約定，打算娶我為妻。

其實他在婚事遭到拒絕時一度死心，打算把我送回現世的樣子。

「然而妳卻開口說要自己工作還債，實在超乎預料，所以我無法坦率地支持妳的決定。我一直認為反正妳應該辦不到吧。與其努力過後落得傷痕累累，不如直接回去現世生活還好多了。我以為只要冷漠以待，讓妳感受到妖怪的惡意，妳就會改口說要回現世去了。誰知道……」

大老闆似乎回憶起什麼，輕聲咯咯笑。

他的笑一發不可收拾，最後變成捧腹大笑。

「欸，你不要顧著自己笑啦。大老闆你意外地很愛笑耶……」

「啊啊，抱歉。因為當時我還在思索著該如何是好，妳就搶先一步決定要自己工作還債，又說要開店，我當然也會反常地亂了陣腳嘛。真不愧是史郎的孫女，行動力不是蓋的。我當時徹底領悟到這點了。」

大老闆總算止住笑，現在則發出帶著感傷的嘆息。

他一邊凝視著茶杯，一邊再次回想起一年前的往事。

「就結果來說，我後來確信妳憑自己的力量應該能在隱世生活下去。畢竟松葉大人、阿涼以及曉兄妹的事情，都在妳的妥當處理下完美收場。我想，對於當時的妳而言，待在這裡並建立起自己的棲身之處應該是有必要的……於是允許妳留在隱世。只不過，我認為讓妳直接放棄大學學業有點太草率了，所以拜託現世的妖怪代為提出休學申請。」

「……」

大老闆竟然替我設想了如此多，讓我難掩內心驚訝。

可是，我……

「別擔心。簡單來說，四月起妳就可以復學了。不過前提是妳有這個意願。」

「呃，可是，我不知道該怎麼決定。一切太過突然了，我的腦袋還反應不過來。」

「我想也是。抱歉啊，讓妳感到混亂了。當初剝奪妳求學機會的是我，或許沒資格對妳說這些，但……」

大老闆抬起臉，正面凝視著我……

「我認為妳該回現世一趟。」

同時用冷靜沉著的聲音如此告訴我。

「咦？」

心臟一陣劇烈鼓動，我可以感受到自己的心跳漸漸加快。

「這究竟是……什麼意思？」

「史郎替妳準備了足以念完大學的資金。妳什麼都不用操心，去學校上課就行了。不，是必須去。」

「你、你先等等，那我們的婚約呢？夕顏又會變成什麼樣？」

「葵……」

「還是你的意思是，天神屋已經不再需要我跟夕顏了？」

我用手按住躁動的胸口，腦袋裡全是負面的想法。

明知道不可能是這樣，卻忍不住脫口而出。

「我、我當然也知道，雖然在隱世經歷過許許多多事件，但我在夕顏的成就很有限，依店裡的經營狀況也賺不了什麼錢。可是，我今後會努力的！這裡對我來說很重要。」

我露出泫然欲泣的表情緊抓著大老闆，懇求他讓我繼續經營夕顏。

「不，不是。不是這樣的，葵。」

然而大老闆搭上我的肩，用安撫的語氣繼續說道。

「妳決定要嫁來隱世當我的妻子，這個選擇令我很欣慰……我必定娶妳為妻。」

「……」

「但是，正因為如此，妳應該有許多準備工作得回現世完成吧？這一年來妳在隱世充分努力過了。經過這段時間的洗禮，妳心裡應該也萌生許多學習目標，無論是基於興趣還是義務。既然如此，我認為妳應該在大學期間把這些完成。等妳做好萬全的準備再回來隱世就行了，屆時再來舉辦婚事也不算遲。換句話說，這正是妳的新娘修行吧。雖然妳已是我最完美的妻子了。」

「不是啊，我還沒嫁給你耶。」

我忍不住吐嘈，但大老闆此刻卻堅定地點了頭。

彷彿在回答：「沒錯，妳還不是我的妻子。」

正因如此，有些事不趁現在放手去做，就沒機會了……

「天神屋目前的營運狀況暫時沒有太大起色，重振還需要一段時間。葵，這間旅館往後會需要借助妳的能力。妳若能在畢業後帶著在現世獲得的知識回到天神屋，以妻子身分和我並肩努力，活用那些所學所見的話，我會非常欣慰的。」

「大老闆……」

我早已明白大老闆試圖想告訴我的事。沒錯，我心知肚明。

拋下一切，從現世來到了這裡的我，其實在那個世界還剩下許多未了的責任。

既然已決定告別那裡，那就還有很多事情需要我去完成。

「我明白了。給我一些時間考慮，大老闆。」

第九話 早春（下）

養育我長大的祖父津場木史郎，離開人世了。

在守夜與葬禮等所有儀式告一段落之時，我才突然感到害怕。

我已失去所有重要的東西。

雖然還有個遮風避雨的家，但家裡只剩我一人。

正因如此，原本打算用祖父留下來的錢好好讀完大學，找份正經工作腳踏實地活下去。

想必我只能隻身過完這一輩子了。

在爺爺死後我失去依靠，已沒有人能理解我這種能看見非人之物的體質。

所以除了「念完大學並好好過活」以外，沒有其他人生目標可言。

然而，就在剛升上大學二年級的那個櫻花漫舞的春天。

從那一天起，我的命運開始轉動。

一位鬼男把我帶往了位於隱世的妖怪旅館——天神屋。

被鬼擄走，得知身上有與鬼男成親的婚約，而訂下婚約的始作俑者是最心愛的祖父……

起初我完全不願相信這一切是事實。

我拒絕了婚事，拒絕了鬼男大老闆，心裡遲遲無法原諒爺爺的所作所為。但同一個瞬間，我內心也萌生新的目標。

那就是——還清爺爺所欠下的債務。

新目標也成為我活下去的動力。我在中庭發現棲身之處，在那裡建立起名為「夕顏」的小食堂，下定決心在這裡努力一次，並決定留在隱世。

隱世的妖怪雖然個性強烈，卻也擁有溫柔與包容的一面……

無法融入人類社會的我，卻能順利跟他們交心，並且藉由料理互相理解。

我在這裡獲得了「活著」的感覺。

雖然也經歷過許多苦難，但「有天神屋的大家作伴」這樣的生活不知何時開始令我感到安穩且幸福。還清債務的目標也轉變為在這裡用心服務每一位妖怪。

而在不知不覺之間被大老闆吸引的我，也終於察覺到自己的心意。

這是我此生唯一一次真心喜歡誰。

如今卻要我回去現世嗎？

的確，事實上爺爺的債務形同不存在，我沒必要還債，也當然沒有理由繼續經營夕顏。

如果真要重返大學，我也就必須暫時離開隱世。

這一年來以天神屋為原點，在隱世累積的經驗、建立的人脈與信任，我並不認為會就此化為烏有。雖然有信心，但還是有些害怕。

畢竟夕顏才正要開始起步。

要是我現在離開了，名為「夕顏」的這個地方是否會被隱世的妖怪們逐漸淡忘？甚至被後起之秀給取代？這些都讓我充滿不安。

而且……真要我老實說……

我一刻也不想離開——無論是天神屋還是大老闆的身邊。

○

一星期過去，我仍遲遲未能做出決斷。

而今天是重要的大日子，要舉辦推廣北方大地乳製品的合作企畫「草莓甜點自助餐會」。

活動舉辦在天神屋飛船「星華丸」的大廳內，主角是北方大地所栽種的「雪屋草莓」。除此之外，鬼門之地的水卷農園出產的「赤鬼姬」、「紅角」與「鬼門莓」等當地品種也會一一亮相。

再來就是使用北方大地產的牛奶、鮮奶油、優格與起司，來製作許多草莓口味的甜點。

本次的主題概念設定為「草莓與妖怪的黃昏時刻英式茶會」。

茶會舉行時間為妖怪們的午茶時段到日落時刻之間。

〈主題甜點〉
・雪融鮮奶油蛋糕佐大顆雪屋草莓
・微苦抹茶冰淇淋與綜合草莓迷你聖代
・濃厚起司蛋糕佐赤鬼姬草莓醬
・草莓優格幕斯杯
・雪屋草莓寶石塔
・草莓雪國提拉米蘇盒
・整顆鬼門莓內餡生銅鑼燒
・天神屋蒸氣布丁草莓百匯

〈鹹食〉
・鮮蔬三明治
・油菜花鮭魚培根蛋奶義大利麵
・奶油雞肉咖哩（選用食火雞肉）

草莓鮮奶油蛋糕使用鬆軟海綿蛋糕為主體，再搭配幾乎快滿溢而出的大量打發鮮奶油，是最經典的草莓甜點；帶著微苦的抹茶冰淇淋與新鮮草莓組合而成的聖代，則是我的推薦品項。選用多種北方大地引以為傲的起司製作而成的起司蛋糕，佐上手工製作的草莓醬享用，想必能讓所有人立刻成為起司的俘虜。至於水果塔則是大手筆使用滿滿的草莓緊密鋪滿表面，肯定能令人一見傾心。

除此之外，菜單裡還不著痕跡地融入冰里城想推廣的木酒盒提拉米蘇、天神屋未來想推出的生銅鑼燒及地獄蒸氣布丁等品項，希望在草莓的魅力助攻之下，能連帶宣傳這些產品。

這場自助餐會採全預約制，消息靈通的富豪階層、接受邀請的各八葉與食品相關業者妖怪們都紛紛熱烈出席。

由於這次賓客原本就是對此次活動主題有高度興趣的族群，希望能積極向他們推廣這些目前在隱世還很少見的甜點與料理。

「哎呀！薄荷坊先生！」

賓客中還包含了許久不見的貉妖小說家……

「是做便當的小姐，不，應該直接稱呼您為天神屋夫人比較好這樣？」

「呃……呃哈哈……不，我還沒結婚。」

薄荷坊先生似乎會幫忙在下次的妖都新聞報專欄上，介紹這次的草莓自助餐會。他說想在自己能幫上忙的分野支持天神屋。

「妖都有許多愛好新奇事物的妖怪。像這樣的草莓自助餐會，在隱世是一種全新的飲食形式，肯定能緊緊抓住他們的心這樣。」

他如此說完，入迷地看著陳列於中央大桌上的眾多閃閃發亮的草莓甜點，同時把這些甜點的外觀與滋味一一記錄下來。筆記上寫著「紅紅的」、「一片紅」之類的。

「好久不見，津場木葵。」

「我們被亂丸大人派來了。」

「戒、明！」

在折尾屋擔任廚師的雙胞胎鶴童子戒與明也來了。

他們難得穿著正式的袴裝，而非平時的日式作業服，人被衣服駕馭的感覺十分明顯。

「亂丸大人說折尾屋未來也想用芒果為主的甜點當成主題，舉辦自助餐形式的餐會。」

「亂丸大人說把能偷的創意全都偷回去。」

原、原來如此，是來刺探敵情的是吧。

「不過芒果這主題真不錯耶，夏天舉辦南國度假風的自助餐會，感覺反應會很熱烈。芒果不只可以做甜點，搭配咖哩應該也很適合。要不要試著做做看芒果咖哩？這風格最適合折尾屋了，很值得一試。」

「這項情報我就收下了。」

「南國度假風自助餐……芒果咖哩……」

雙胞胎手抵著太陽穴位置，正在把我給的建議輸入腦袋中。

我順便問了他們最喜歡哪道甜點，結果戒選了草莓抹茶聖代，明則選了生銅鑼燒。

不愧是專攻日本料理的廚師，甜點似乎也偏好融合日式要素的口味。

「津場木葵，下次妳也再來折尾屋吧。」

「大家都很想見妳。」

「咦～可是亂丸應該不想吧。」

「才沒這回事。」

「他應該想把妳留在折尾屋盡情使喚。」

「……使喚是吧。」

有一段時期我曾參與過折尾屋儀式工作。雖然歷經各種波折，但在那個地方能使用到有別於鬼門之地的南國風味食材，是一段很好的回憶。

不過，要是我確定回現世讀大學的話……

能去折尾屋的機會也所剩無幾了吧。

其他出席的賓客還包含了在折尾屋認識的雨女千金淀子小姐、傷勢已痊癒的春日與文門研究所的夏葉女士。瀰漫草莓香味的會場充滿華麗的春天氣息與熱絡的人潮。

「葵小姐，妳好。」

「哇！石榴小姐！歡迎歡迎！」

石榴小姐是由天神屋直接提出邀請的貴賓，不過原先聽說她不確定行程能否排得開。她應該是特地抽空前來的吧，真開心。

「才經歷八葉夜行會那麼大的風波，這麼快就推出如此有新意的創舉啊。來這一趟真是值得了，我玩得很開心。」

「那就太好了……妳中意哪一道甜點呢？」

「草莓鮮奶油蛋糕吧。我曾聽黃金童子大人介紹過，沒想到實際嘗過後更驚豔。不過特別有感情的還是生銅鑼燒。嗯？也許我意外愛吃鮮奶油？下次自己嘗試用鮮奶油做甜點好了。」

石榴小姐列舉著中意的品項，突然歸納出自己可能喜歡鮮奶油的結論。

有點好奇她使用鮮奶油會創作出什麼樣的作品。

「對了，石榴小姐，在那之後妳過得還好嗎？」

老實說我一直很掛念，石榴小姐身為洗豆妖卻偏袒天神屋的老闆，這樣的立場是不被同族所允許的。

即使如此，她還是為了救大老闆而對我提供援助，是我們的恩人。

「嗯？沒事，結果沒受到任何責難。不過我確定要離開八葉的位置了。」

「這還不算懲罰嗎……」

「不是的，是我自己提出辭呈的。八葉這身分對我來說還太早了，而且綁手綁腳又枯燥。」

她說八夜不懂得變通、又淨是些個性乖僻的難搞人物云云。石榴小姐對八葉的抱怨一發不可收拾。

「的確，背負八葉的立場在各方面都很受侷限呢。」

「不過正因為有這個身分，我才能幫助陣八跟葵小姐妳，關於這點我倒是心懷感恩。但……現在我有了再次挑戰的衝勁。」

在和菓子師傅這份職業上已建立穩固地位的她，仍企圖展開新挑戰。她如此宣告的模樣十分耀眼。

捨棄身分後的她換得一身輕，要去哪裡再也不是問題。

「挑戰啊……」

「怎麼了？葵小姐。」

「那個……請問我可以找妳談談嗎？」

我想請石榴小姐聽聽，從前些日子就陷入獨自苦惱的問題。

這些事我無法找天神屋的人商量。但她不一樣。因為我們擁有一樣的志向。

或許她能理解我的這股煩悶。

來到了甲板上，我向石榴小姐說明大老闆先前告訴我的真相。

背對著夕陽的她，一頭長髮隨風飄逸。她點點頭回了句「原來如此」。

「關於這件事，也許天神屋大老闆說得確實有一番道理。」

「咦？」

石榴小姐的回答令我感到意外。

我還料想她應該會勸我不該離開夕顏。

「陣八他自己也在文門研究所學到很多，獲得了珍貴的友誼，這次也因此得到幫助。想必他是希望把妳原本擁有的機會還給妳，希望妳把握時間去完成現在才能放手去做的事、獲取現在才能得到的收穫。我想這些應該是光靠今後繼續經營夕顏也無法獲得的經驗。」

現在才能放手去做的事……現在才能得到的收穫……

「可是，我放不下夕顏。我很擔心這間店會被大家淡忘。」

我緊緊皺起臉，吐露難以名狀的不安。

「妖怪們雖然意外有著溫柔善良的一面，但新奇感還是有期限的。正如石榴小姐之前所說，我想大多數妖怪都會漸漸厭倦。我擔心等我回來時，夕顏能端出的東西已經不再新奇……」

隱世今後應該會大步邁向新時代吧

像西點或西餐、麵包或蛋糕等飲食，現在雖然保有新鮮感，但等我大學畢業那時很有可能已成為理所當然的普遍文化。

「被淡忘？呵呵，妖怪確實容易被流行洗腦也容易厭倦，但同時也有專情的一面。真正重要的東西是不會被遺忘的。這種極端的天性，人類或許很難理解就是了。」

「……極端？」

「妳是深深被愛著的，葵小姐。妳是獨一無二的。今天這一趟讓我徹底明白這一點。」

「……」

我們仰望著夕陽西下的天空，各自壓著被風吹亂的頭髮。

石榴小姐繼續用開導的口氣對我說道：

「就算在未來的隱世，現世料理本身已變得不再稀奇，肯定還是有許多妖怪為了吃妳做的菜、為了見妳一面而前來。正因為如此，我想想……也要看妳怎麼決定就是了，比方說限定在週末或連假返回隱世，回到天神屋經營夕顏——這種方式如何？」

「限定在週末或連假……？」

「嗯，不過我對天神屋與妳的了解都不夠深，就當成是我隨口說說的提議就行了。不過，有時候每天始終如一的存在容易被遺忘，若附加限制條件反而能激發客人上門的欲望；侷限的營業時間反過來說也更有記憶點。很多妖怪都很吃這套的。」

她還說，像大湖串糕點屋的季節限定商品銷量也特別好。

春天有櫻餅與艾草糰子、夏天有水羊羹與葛菓子、秋天有栗饅頭與月見糰子、冬天有豆大福與椿餅等。據說限定商品的推出是一部分客人每年最期待的事。

跟據她的說法，比起那些數十年如一日的常態商品，這些季節限定品項意外地更有存在感。

「不過……這項提議將會剝奪妳的休假時間。妳必須定期在隱世與現世兩頭跑，至今為止的營業模式也隨之改變，顧客或許會出現反彈或不滿的聲音。妳自己在體力或是精神層面上也都可能吃不消……不過，我認為定期往返兩地也會得到許多不一樣的新發現。反正只要借助天神屋大老闆的力量，來回於隱世與現世之間也不是什麼困難的事。」

我一直以來期許「夕顏」這地方能成為大家帶著輕鬆心情進來坐坐的小食堂。

若轉換成期間限定店，營運模式與目標也將完全一變。

不過，這樣就能入手最即時的現世資訊，隨時帶回隱世。

兩頭跑可以早一步導入現世的新東西，隨時保持夕顏經營者的心態來看待現世的料理，應該也能得到不同角度的啟發吧……

比起固定每天營業，限定於某些期間的營業方式更能讓客人感受到季節或節慶專屬的特別氛圍，同時替天神屋營造話題性，或許能進而幫助振興旅館的營運。

原來如此，我還有這條路可以選擇。

「謝謝妳，石榴小姐。找妳商量真的收穫太多了！」

「呵呵，表情都不一樣了呢，剛才明明還滿臉不安。」

「是的。因為新目標變得更清晰了。」

石榴小姐用溫柔的眼神凝視我，輕輕搭上我的肩，彷彿在替我打氣。

「未來正式回歸隱世的妳可能會成為我的頭號勁敵，光想就覺得全身戰慄。不過……我等著妳回來，葵小姐。我期待著妳能讓這個隱世變得更熱鬧，期待妳使用有別於津場木史郎的方式……用『料理』來寫下超越他的精彩『故事』。」

隨後她便轉身登上了大湖串糕點屋的接送船隻，一邊揮著手一邊遠去。她那副勇往直前又坦蕩蕩的身影彷彿已將內心某些迷惘一掃而空，真是瀟灑帥氣。

一開始的我們雖然有點不對盤，但現在明白了彼此追求著同樣的目標，我想我跟她已成為能互相給予新刺激的良性競爭對手，同時也是益友。

下一次相見不知會是何時。

身為甜點師傅的石榴小姐，也將繼續在隱世這個舞台上挑戰不懈。

我想總有一天，我倆腳下的道路會再度出現交集。

「葵小姐，原來您在這呀。」

「銀次先生！」

在夜幕降臨的同時，甲板上的鬼火也一一亮起。此時，銀次先生為了找我而來到這裡。

「這場活動的主角不在場怎麼行，眾多賓客正等著跟您打聲招呼唷，請過來吧……」

銀次先生呼喚著我。

而我也倉促地跟上他，邊走邊對他的背影說：

「欸，銀次先生。今晚的草莓自助餐會結束後，我有點事想跟你談談。」

「……」

銀次先生應該從大老闆口中略知一二了吧。

他驟然停下腳步。還以為他要轉身，結果只深深點了頭，彷彿在回答「我明白」。

再這樣繼續待在隱世，我的料理將慢慢被時代腳步追上，變得不再新奇。

倒不如說，若不回去現世多看看，我此刻所擁有的現世資訊將會停滯更新，在隱世中逐漸過時吧。

或許這樣也並非壞事。

維持不變的傳統口味，這樣的小食堂也有一番魅力。

但就天神屋的現況來說，需要某些「契機」來幫助旅館重振旗鼓，這一點也無法否認。

或許我必須利用自己的視角，從現世物色可替天神屋加分的元素，並導入我的料理中。

在大學求學，增廣見聞，將所有收穫活用在夕顏上——這就是我的使命。

如今，這間天神屋對我而言已成為家一樣的存在，現世反而像遙遠的世界。

正因為如此，所以免不了寂寞。但只要能定期回來見大家的話……

等我畢業後，一定會再重返這個地方。

「原來如此。我明白您的想法了。」

結束自助餐會的收拾工作後，我在夕顏把這件事告訴了銀次先生。

銀次先生是一起決定經營夕顏的夥伴，所以我認為第一個得先找他商量。

他靜靜地聽我說完，同時頻頻點了好幾次頭。

「其實我也一直認為，要發掘葵小姐所擁有的更多可能性，這樣的方式會是比較好的。不過您能自己看清方向並且做下這番決定，這才是令我再欣慰不過了。別擔心，我永遠都站在您這邊。我會支持您所選擇的路。」

「謝謝你，銀次先生。真的謝謝你！」

然而銀次先生歪著頭，露出似乎有些落寞的神情，用手摸了摸吧檯。

「總覺得……您初來到這裡的那一天，已經是好久好久以前的事了。」

接著他站起身，把這間店環顧了一遍。

這間破爛又狹小，卻充滿溫度的「夕顏」。

我也站起身，與他一同望向店內。

「這一年對於妖怪來說只是彈指之間，卻是如此鮮明且深刻。對我而言，這裡也充滿許多難以忘懷的回憶。」

銀次先生垂下耳朵，充滿感慨似地閉上眼。

「我也是啊，銀次先生。這裡也是我的起點，賦予我全新目標的，正是你和這間店。」

我也跟著他一同閉上眼。

在這間「夕顏」招待過的無數客人、製作過的無數料理，全歷歷在目。在這裡留下的眾多深刻回憶是如此寶貴。

聽見銀次先生不知想起什麼而發出咯咯輕笑，我便睜開了眼。

「想當初葵小姐一個人孤立無援，待在這裡餓著肚子垂頭喪氣呢。」
「是呀。但因為有銀次先生的幫助，我才總算能勉強撐下去，你是我的第一個夥伴。」
「不，您的第一個夥伴想必是大老闆才對。那一天的大老闆……其實相當失落喔。」
「咦？把我抓來隱世的那一天嗎？」
「是的。葵小姐拒絕了婚事，還宣言要自己努力還債，讓大老闆頗為煩惱，不知道如何是好。他在自己的辦公室裡垂著身子不停發出苦惱的低喃聲。」
「啊，啊哈哈！」
如今已能輕而易舉地想像大老闆的那副模樣。
當時明明還覺得他是個慘無人道又沒血沒淚的鬼男。
「大老闆一直很後悔當初待您有些冷淡。他本來打算暫時觀望一下狀況，若葵小姐還是無法接受自己，就要把婚約一筆勾銷，消除您在隱世的一切回憶後送您回到現世……似乎是這麼一回事。」
「嗯嗯……我有稍微聽大老闆提過這件事。」
不過我很慶幸最後沒有演變成如此。
一想到當初的自己有可能忘掉大老闆與天神屋的大家，重回那個已不存在任何留戀的現世……光想就覺得渾身發毛。
「不過葵小姐後來堅強地適應了這個世界。經歷松葉大人、阿涼小姐與鈴蘭小姐的事情，最後您自身做出了選擇，決意留在隱世生活。大老闆一路看著您用自己的力量開創新的命運，想必比您還更加欣慰。我想大老闆自己也從中得到了鼓勵。」

接著銀次先生有點難為情似地垂下視線，小小聲地低喃一句：「……我也一樣。」

「這一路以來，您的身影無數次激勵了我，您的力量無數次拯救了我。在南方大地的儀式那一次，您所賦予我的救贖，想必我這輩子都不會忘記吧。」

「銀次先生……」

回想小時候……

一位戴著白色面具的妖怪總會來找孤伶伶的我，並且帶食物給我吃。

他陪我聊天，還呼喚了我的名字。

那個妖怪就是你。

所以我後來才會開始替餓肚子的妖怪做飯，餵飽他們。

「我也一樣啊，是你救了小時候的我一命。當時的相遇讓我找回了對飲食的渴望，連帶讓我發現了『料理』這個生存目標，是無可取代的珍貴回憶……我絕對永遠忘不了。」

我注視著自己的手，緊緊握拳。

從你和大老闆身上獲得的東西，絕非只有壽命而已。

還有「執念」與「願望」，以及「活下去的力量」，讓我得以成為現在的我。

「講了這麼多，感覺好像要在這裡永別了，有點寂寞耶……」

「呵呵，的確是呢，不過絕非如此。我會永遠在這裡，而您也終將歸來。」
「是呀。我們的挑戰從此要邁入下一個新關卡了。」
銀次先生也充分理解這一點，所以用可靠的眼神告訴我。
「請您把這段期間當成自我充電時間，在現世的大學好好勤勉向學。無論是這段日子還是畢業之後，在能力範圍內一同繼續經營天神屋與夕顏吧。不過，還請您吃不消的時候別太過逞強，畢竟葵小姐您有時就是努力過頭了。」
銀次先生轉身與我面對面，伸出了手。
「這裡是您的家。我會守護著您的歸宿，將您留下的東西推廣到整個隱世，並且永遠在這裡等候您。」
我也凝視著銀次先生，同時回握住他的手。
「銀次先生……謝謝你。與你相遇……是我最慶幸的事。」
溫柔眼神與銀色的秀髮。
已經恢復挺立的狐耳與毛茸茸的九尾。
他是非人之物，是一隻妖怪。
雖然這副模樣已熟悉到不能再熟悉，我仍重新凝視著眼前的九尾狐妖，並且對於與這位優秀上司的相遇充滿感恩。
一年前的我，第一次在這裡動手做料理。那也是我成為料理人的原點。

這間店與銀次先生讓我在隱世找到自己的生存之道。

我重新堅定了決心，與銀次先生具體討論今後的規畫，一起統整出結論。

然後我急忙前往大老闆的辦公室。

「大老闆！請聽聽我的計畫！」

「噢噢，嚇了我一跳。都是因為葵突然衝了進來，害我……」

大老闆此時正拿著掃帚，清掃著從外廊飄進來的的櫻花花瓣。直闖室內的我，把今後的抱負與目標、夕顏的往後規劃、天神屋的未來以及我跟大老闆的未來，全都坦率地說明白。

我告訴他，這就是我做出的決斷。

「我明白了，葵。」

大老闆爽快地接受了一切。

他說我不需要有任何牽掛，放手去努力就好。

並答應我等時候到了，必定會前去迎接我回來。

他的話語替我打了強心針。隨後他摸了摸我的頭，就像對待即將離巢的孩子一樣。

此時正好迎接了跨日的時刻。

這一天，是祖父的忌日。

第十話　回到屬於我們的妖怪旅館

「早啊，葵。昨天的活動好像盛況空前嘛，叫什麼草莓來著的。」

「啊！阿涼早安啊。」

「是怎樣？心情很好嘛。還以為妳昨天剛忙完，今天會累得不成人形。」

「是有一點啦。」

阿涼在上午來到夕顏。

沒過多久曉也來了，阿涼見曉頂著一頭剛睡醒的誇張亂髮，用手指著人家放聲大笑。

「曉，早安啊。」

「嗯，呃，阿涼別拉我頭髮啦！葵，幫我做點早飯，昨天什麼都沒吃就睡了，現在餓得受不了。」

「哎呀呀……今天早餐是熱騰騰的烏龍麵喲。配料可以選擇加了春產洋蔥和山茼蒿的蔬菜天婦羅、牛蒡天婦羅或是肉片。還有豆皮喔。你們要哪種？」

「嗯……我要牛蒡天婦羅。」

「我要蔬菜天婦羅。」

「哎喲？真意外。我還以為阿涼會選肉片，曉則會選牛蒡天婦羅耶。你們不是一個最愛吃肉，一個不喜歡山茼蒿嗎？」

我按照兩人平常的喜好傾向如此猜測，結果他們似乎默默有了一些轉變。

「我偶爾也想少吃點肉，多吃點健康的根莖類蔬菜啊，而且又沒嘗過牛蒡天婦羅。」

「我只是突然想試試看不敢吃的東西罷了，畢竟有時候只是成見，沒吃過就討厭。」

原來如此，這兩人也在春天展開了新挑戰是吧。不，或許只是單純一時興起罷了。

於是我馬上開始著手幫曉跟阿涼料理早飯。

前些日子律子夫人送了妖都烏龍麵條當作伴手禮，偏細的麵體嚼勁十足，口感又滑溜，十分美味。

就在我準備天婦羅配料時——

「葵大人，烏龍麵煮好了～」

「好～～」

小愛幫忙處理了烏龍麵麵條。

湯頭則是用柴魚片與昆布萃煮而成的高湯，再添加薄鹽醬油調配而成。

接著將牛蒡削成細絲裹上麵衣後油炸至酥脆的牛蒡天婦羅，擺在盛裝好的烏龍麵上，旁邊佐上滿滿的蔥花。

加了春產洋蔥與山茼蒿的蔬菜天婦羅，現炸起鍋之後則另外裝盤。可以趁熱灑點鹽直接品嘗酥脆口感，也可以放進湯裡浸泡至軟化後搭配烏龍麵一起品嘗，享受不同的美味。

我隔著吧檯把早飯端給曉跟阿涼，這兩人彷彿已久候多時，有默契地合掌說聲「我開動了」，便馬上專心地吸著烏龍麵。

看來是餓很久了啊……

「嗯！牛蒡天婦羅我好像意外滿喜歡的，酥酥脆脆的麵衣搭配牛蒡爽脆的口感真有趣！」

阿涼對於初次品嘗的牛蒡天婦羅烏龍麵相當驚豔。

「這是在現世的九州相當受歡迎的一款烏龍麵。我在隱世還沒看過這樣的組合，不知道接受度如何。牛蒡這食材乍看很樸實無味，但像這樣削成絲狀油炸成天婦羅可美味了呢，吸飽烏龍麵湯汁後變得軟軟嫩嫩的也很好吃。」

同時間，曉則先單吃了酥脆的蔬菜天婦羅。

「春產洋蔥真甜。這股甘甜味意外地能平衡我討厭的山茼蒿苦味，而且保留山茼蒿本身的風味。我不但可以接受，甚至覺得滿好吃的。」

「是呀，這季節的洋蔥特別鮮甜美味，拿來做天婦羅更是絕品。山茼蒿本身帶有特殊的風味，所以我喜歡拿來跟洋蔥搭配一起炸。」

我向曉和阿涼介紹這兩款天婦羅的特色，結果他們似乎開始對彼此的早飯感興趣，最後我只好把兩款再各多炸一份。

「啊，對了，曉。如果你有信或是禮物想送給鈴蘭小姐，請先準備一下。我要去現世了。」

把追加的天婦羅遞往吧檯外的同時，我突然想起這件事。

「嗯？妳要去現世？」

曉滿是問號。

「嗯，我……決定要回現世繼續念大學了。」

「……」

曉和阿涼雙雙停下了吸著烏龍麵的動作。

他們抬起臉，不安的表情彷彿寫著「這是怎麼一回事」。

「葵，妳應該不會就此回去現世吧？」

「妳和大老闆的婚約現在怎麼樣了？」

兩人顯得越來越焦急了。

看來他們似乎以為我是認真要回去現世。而在他們連番質問之下，我無法好好詳細解釋。

「雖說是回去念大學，但是葵小姐在放長假的期間還是會回來的。」

此時，銀次先生正好來到夕顏。

阿涼跟曉則回頭望向他。

「您說長假……嗎？」

「是的，葵小姐四月開學，下一次回來應該是黃金週了吧。」

「『黃金』？」

阿涼似乎未能理解黃金週的意思，曉則是喃喃自語著：「原來如此，五月是吧……」

「葵小姐原本就是大學生，目前處於休學狀態。於是大老闆詢問了葵小姐是否有意願重返校園。但是提出定期回隱世，並讓夕顏以期間限定形式繼續營運的是葵小姐本人。」

「沒錯，就是這樣。所以我也不會長～～期消失啦。等我適應大學生活後，有考慮週末也回來一趟。」

然而曉與阿涼仍皺緊眉頭，垂下視線看著吃到一半的烏龍麵，雙雙無語。

看起來似乎還不能接受這個事實。

我心想自己好像壞了這兩人的心情，也陷入不知所措的狀態。結果……

「妳，會好好回來隱世吧？」

「那當然，曉。」

「是嗎？那我也覺得這個決定比較好。」

曉頻頻點頭，支持我做出的選擇。然而……

「那我們以後每天的三餐沒著落怎麼辦！」

阿涼不滿地丟出有點刻薄的問題。

她連頭都不願意抬一下，壓得低低的。

「抱歉，阿涼。我會多做點常備菜放著，長假期間也會一直留在隱世的。」

「可是，以後我一定每天早上都會心想『這種飯菜讓人提不起勁』。」

「阿涼……」

「春日離開了，以後連妳也幾乎不會待在天神屋，這裡變得太冷清了啦。因為……妳回去之後搞不好會覺得『還是充滿人類的現世比較好』啊！」

「怎麼可能啦。」

「太狠心了啦！明明是妳餵養我們，讓我們記住妳的料理有多美味，到頭來卻拋下我們一走了之。」

即使我搖頭否認說：「才沒有一走了之的意思啦。」阿涼還是壓低著頭。

「什麼餵養啦妳，就沒有好聽一點的說法嗎？」

「啊啊！夠了！曉你這個大笨蛋！」

曉的一句神經大條發言讓阿涼抬起了頭。

她的臉上滿是淚水，讓我們全嚇了一跳。

我心頭立刻一陣揪痛，走出廚房抱緊阿涼。

「阿涼，抱歉，抱歉。」

「啊～～夠了！算了啦！沒差！妳真的想去的話，不管是現世還是大學還是哪裡都隨妳啦！但妳要答應我，絕對不會一去不回喔！」

「嗯，嗯，那當然。我的棲身之處，我該回歸的家就在這裡啊。」

真沒想到會被阿涼惹哭。

也沒預料到她會擔心我一去不回。

一開始我們對彼此應該都沒有好印象，卻在不知不覺間成為彼此心中重要的存在。

我深深感受到自己被她視為不可或缺，這令我覺得不捨卻也欣慰。

銀次先生和曉用眼神守護著抱在一起哭的我們，分別發出苦笑與嘆氣……

然而，在這樣的時刻，不知道是誰的肚子發出「咕～」的一聲。沒漏聽這一聲的我馬上鬆開懷抱，把阿涼推給曉之後便快步走回廚房。

「銀次先生吃豆皮烏龍麵可以吧？切成小段然後搭配蔥花的那種。」

「咦？啊，好。這個嘛……那我就來一碗豆皮烏龍麵，不好意思，肚子太不爭氣了！」

銀次先生壓著腹部咬緊牙根，一副難為情的樣子。

替各位端上一份早飯，正是我現在的使命。

希望重要的夥伴們今天也能精神飽滿地在天神屋打拚。

時間來到四月的第一天。

鬼門之地群山上的櫻花也染上淡麗的色彩，正迎接最美的花期。

「好啦！準備就緒。」

我換上被抓來隱世那天所穿著的水藍色洋裝，把以前常帶著上學的托特包背上肩，在鏡子前為自己加油打氣。

在夕顏工作時穿著的抹茶色和服、天狗圓扇都被我收進平常做為睡鋪使用的房內衣櫥裡。雖然有點依依不捨，但也期待著下次使用到的機會。

唯獨平常總是插在頭上的這只髮簪，讓我有點煩惱該如何處置……

「還是別帶去好了。」

當時從大老闆那裡收到時，髮簪上的裝飾還只是一朵小花苞，如今卻是盛開的一大朵山茶花。彷彿象徵著我的愛情。

原本打算至少帶著這髮簪去現世，但回去之後應該根本沒機會用到，況且要是開得這麼美的花朵碰碎了可就糟了。

說到這才想到，大老闆好像說過這花朵總有一天會凋零？

他還說花謝之時就代表債務償還期限到了，不過那也已經是過去的事情了。

「不，還是帶去吧。」

我還是想留個屬於隱世的東西放在身邊。

就算不拿來使用，當成護身符帶著也好。畢竟當我覺得孤單或是難熬的時候，需要一個能讓我撐下去的心靈依靠。

「葵大人～時間差不多了。」

「知道了，小愛。」

在小愛的呼喚下，我走出內房來到夕顏。

然後我將一本食譜筆記遞給小愛。自從決定回到現世，我便持續把菜色整理成冊，小愛帶著想哭的表情將筆記本緊緊抱在懷裡。

「小愛，夕顏……還有來這裡吃飯的員工們就拜託妳了。」

「是的！我會把這個地方打理得乾乾淨淨，直到葵大人回來的那一天！」

夕顏還有小愛幫我顧著。

小愛說她願意在這裡替固定來蹭飯的員工準備早餐與宵夜，順便當作自己的廚藝修行。她一直是我的可靠幫手，今後想必將會更加獨當一面，成為夕顏的廚師之一吧。

希望她的料理可以治癒每天忙於工作的員工們。

「葵大人，一路順風。」

我在小愛的目送之下踏出夕顏，穿過幽靜的中庭走著。

「葵小姐～您要回去惹嗎～」

在竹林那和一群管子貓玩耍的小不點，用一臉呆呆的表情問我。

「嗯，是呀，小不點。你呢？」

「哪裡能吃到葵小姐做滴料理，我就去哪裡～」

接著他全身溼答答地一路爬上我的身子，乖巧地坐在我肩膀上的專屬位置。

唔，一股腥味。

管子貓群也來到竹林入口。我走上前去跟他們道別，有好幾隻湊上來蹭著我。

「最喜歡葵大人惹～」

「要再來玩喲～要再來玩喲～」

「嗯嗯，我還會再來找你們玩的，白夜先生就拜託你們照顧啦。」

雖然有點多管閒事，不過我還是拜託管子貓群繼續為會計長帶來「療癒」。

我一邊撫摸著他們毛茸茸的白色細長身體。

「不過話說回來，除惹管子貓先生以外，怎麼一～個人都沒來送行呢，真是無情～」

「大家正忙著準備開門啦。」

這過於寂靜的空氣讓我有些寂寞，但這次又不是永別。

短短一個月後我就會回來了，不需要特別送行或告別。

「不過，這樣實在也太冷淡了吧？」

我嘟噥著走過中庭……

突然一陣轟隆的爆炸巨響從不遠處傳來，嚇得我整個人跳起來。

「什、什麼？是出入口那邊？」

「那邊竄起惹煙～」

我急忙跑出天神屋大門。

天神屋的員工們全都鬧哄哄的，我從人群縫隙間窺探溪谷上的吊橋另一端，發現朱門山的天狗們不知為何架起大砲蓄勢待發。

他們正在和天神屋的大家互相叫囂。

總覺得這畫面似曾相識……

「我命令天神屋的大老闆，快把津場木葵交出來。把她送回現世這種事我可不同意！要是膽敢拒絕，我們就要用大砲轟了天神屋！」

「嗯？松葉大人？」

這股既視感是怎麼回事？

和鈴蘭小姐那一次簡直如出一轍，只差在原本的一反木綿換成了天狗。

是說為什麼松葉大人他們要求把我交出去？

這狀況有點令我疑惑……

「葵小姐，請往這邊。」

「哇！銀次先生？」

銀次先生從後方抓住我的手，快步帶我離開現場，不知要去哪。

「銀次先生，這到底是怎麼一回事？」

「朱門天狗們不知從哪聽見葵小姐要回去現世的風聲，企圖阻止這一切。對葵小姐溺愛有加的松葉大人就說既然如此，乾脆把您帶回朱門山。」

「咦咦咦咦咦！」

松葉大人到底是怎麼啦？再怎麼說這也太蠻橫了。

是被風和日麗的春日陽光曬昏頭了嗎？

「請加緊腳步吧，要是今天錯過了境界岩門通往現世的開放時段，就得等到下週了。」

「怎麼這樣！不行啦，我會趕不上新學期的。」

「是的。所以我在這裡為您備妥了牛車，請您搭乘這個前往鬼門岩戶神社。」

銀次先生帶我繞往天神屋後方，現場已準備好牛車。大老闆已在現場等著我到來，表情有些凝重。

「來，葵。坐上這輛牛車。」

「大老闆，可是……」

我內心有些不安，害怕天神屋是否又要陷入危機。

同時也猶豫著引發騷動的主因明明是我，我能這樣丟下大家回去嗎？

「沒事的，妳完全不用擔心。等『黃金週』一開始，我必定去接妳回來。」

「黃金週是吧。」

大老闆給了我一張蓋有天神屋印章的通行證。

然後依依不捨似地，用他大大的手撫摸我的臉頰。

雖然還想多感受一些他的體溫，但當他一收回手，牛車便立刻緩緩升空，飛往位於銀天街另一頭的那座祭祀著鬼門神社的小山丘上。

啊啊……天神屋、大老闆跟銀次先生的身影越來越渺小。

總覺得先前也見過這幅光景。

跟上次送鈴蘭小姐前往現世時，完全一模一樣的情境……

「嗯？也就是說，可能有大砲射過來？」

我急忙往下看，發現我的預測完全正確。天狗們的大砲砲口正朝向我。

難道他們打算把牛車打下來？

「欸！等等、等等！這實在不行啦！松葉大人！」

我心想不妙，把手繞往背後摸索著天狗圓扇，這時才想起我把扇子留在夕顏了！

「發射～～」

隨著這一聲號令，大砲發射的巨響再次響起，我緊緊閉上雙眼。

然而這次的聲音怎麼聽都不像砲擊。

「咻～～」「咚～～」「啪啪啪啪啪」……

「咦……」

睜開雙眼，發現一發接著一發的繽紛煙火上升，在白晝的天空裡發出耀眼光芒，綻放成一朵朵的煙花。

松葉大人朝著我邊哭邊揮手，大喊著：「要保重啊～～」隨時有可能展翅高飛的他，正被其他天狗壓制著。

「這是……」

我急忙望向天神屋的方向，發現在這間旅館裡照顧過我的所有員工在大門口前一字排開，全體一起向我鞠躬致意。

這並不是最後的告別。

而是為了在未來「恭候您再次光臨」。

「大家……」

這光景過於感人肺腑，讓我不禁用手掩住嘴。

隨後他們抬起臉，各自朝著我用力揮手。

所有人，每一張熟悉的臉孔。

一個都沒有少，在原地目送我啟程。

「下次見啊～～葵，五月見喲～～」阿涼還是繼續哭著。

「在現世好好求取知識，別忘了學生的本分。」白夜先生帶著嚴厲的眼神。

「做點好料給鈴蘭吃，自己注意身體。」曉在為妹妹著想之餘順便關心我的身體。

「葵小姐～保重～」單手拿著長巾的靜奈雙眼泛著淚光。

「請切記別太逞強是也。」佐助比誰都更加使勁地揮著手。

「請享受大學生活呀～」千秋先生扯開了嗓門。

「等妳回來之後，再讓妳嘗嘗天神屋的宴會料理啊！」達摩料理長說道。

「下次再一起開發天神屋的土產吧～」砂樂博士一身防護衣造型。

最後是——

「葵小姐，一路順風。我會在這裡，在那間小食堂等著您！」

銀次先生溫柔地微笑。無論何時，你總是支持著我。無論多少次的謝謝，也難以道盡對你的感謝。

為什麼呢？明明知道這並不是永別。

未來無法天天相見這個事實竟讓我感到如此寂寞。

但是，既然接受了這種「歡送」，我不加把勁怎麼行。

必須下定決心啟程了。

「……大家要保重喔！」

我也竭盡所有力氣大聲呼喊。

突然發現唯獨大老闆不見蹤影，才發現他站在眾人後方，用眼神守護著這片光景。

他對上我的視線，伸出手指抵在嘴邊，無聲地張開雙唇。

「去努力闖一回吧。」

他送給我的這句魔法話語，至今已無數次為我帶來勇氣。

＊

「……」

我站在熟悉的那座神社境內。

漫天飛舞的櫻花花瓣無聲地散落一地，我茫然地佇立其下。啊啊，我回到現世了——我用全身感受著這個我缺席已久的世界。

遠方傳來的列車行進聲。

車輛的喇叭聲。

放學路上的小學生們發出的笑聲。

斑馬線上的號誌燈轉為綠色時的音效……

以前從未留意過的這一切，就連都市排放的廢氣臭味都令我感到懷念。

「啊！」

看著烏鴉群在上空展翅高飛，我眨了眨眼。

接著我緩緩走下石階，同時漸漸加快腳步。

我不知道自己為何如此著急。

恨不得快點回到過去和祖父同住的那個家，親自確認某件事。

「呼……呼……有了，到了。」

我跟祖父一起生活的那棟老舊房產，確確實實存在於熟悉的位置上。

原本以為庭院會呈現徹底荒廢的狀態……沒想到卻整理得井然有序。信箱也沒有被塞滿。

對了，大老闆有說過他委託認識的現世妖怪幫忙打理這個家是吧？

我在心裡鬆了口氣，踏進令人懷念的這個家。

小心翼翼打開門鎖，費力拉開年久失修的拉門，看著被堆積於玄關內側的郵件堆愣了一下，然後進入充滿灰塵與霉味的室內。

理所當然地，沒有任何人。

祖父的佛壇前放了點心禮盒供奉著，看起來有點年代了。禮盒上帶有天神屋的標誌，大概是大老闆還是誰帶來的吧。是說大老闆進來這裡了嗎？

算了，這不是現在的重點。總之多虧有妖怪幫忙打理這個家，我才能在街坊鄰居沒有起疑的狀態下消失這麼久。

打開祖父房間的房門，發現唯有這個空間還維持著我離家時的狀態，也就是仍處於遺物收拾到一半的階段。

「這是……」

裝著祖父遺物的盒子裡，最上面有張黑白老照片。

這張照片裡印的是天神屋的眾員工，大家並不是以妖怪的模樣現身，而是呈現貌似人類的造型。隱世的先進照相機確實有這種功能，不過如今看起來還真是有趣，因為現在的我能認出上面的人分別是誰。

接著我翻到照片背面。

至隱世旅館一家

你我尚有重要約定未果

不可遺忘

當時的我，對這段語句的意義還一知半解。

但是這個約定一路上把各種因緣捆在一起，在奇妙的脈絡下實現了喲，爺爺。

「啊，對了。」

我翻找著包包內部，把這張照片跟我帶回來的新合照擺在一起。

在大老闆回歸天神屋時留影的新合照，與爺爺的老照片比對之下，發現有幾位成員不一樣，也有同位成員換了髮型與面貌，可以從其中感受到天神屋的歷史變遷。

所有人臉上都露出面具般的笑容，看起來總不太自然。

這也是應該的，因為照片上的他們並不是人類。

然而，其實個個都是溫暖又可靠的，我的夥伴。

已不在人世的爺爺所站的位置，如今由我遞補了上去。

我撫摸著舊照片上的爺爺身影，瞇起眼睛。

「我回來了，爺爺。然後……永別了。」

做好了覺悟，我開口與他告別。

我將照片緊抱在胸前，仰望向天花板。

如今終於跨越了失去祖父的悲傷，並且在祖父身邊以外的其他地方，找到了重要的人事物、獲得了新的家人。我現在可以確信……

被淚水弄得模糊的視野彼端。

伴隨著燈火所見到的身影，是未來在名為隱世的異世界中，在妖怪們的旅館裡度過終生的我。

——線香的輕煙裊裊縈繞。

我的名字叫做津場木葵。

就在今天，我從大學畢業了。

「爺爺，今後就沒什麼機會回來掃墓了，最後請享用這個便當吧。雖然你不怎麼喜歡吃便當，但我放了你最愛吃的東西喔。」

我在墓前雙手合十。

沒錯，距離我重返現世並且恢復大學學籍，時間已經過了三年。

這三年的期間我按部就班進行著告別現世的準備。

思考房子該如何處置、整理物品，以及辦妥人類移居隱世所需的手續。我也在大老闆的陪同下一起去拜訪位於關東的遠親——津場木一族的本家，說明自己今後的生涯規劃。

這一切都是為了確保即使我不復存在，這個世界也會繼續照常運轉，不會有一絲改變。

雖然我想自己本來就毫無影響力，但若一聲不吭地消失，想必也會造成某些人的麻煩吧。

至於大學時期認識的人或朋友，我則一律告知自己畢業後要去國外工作。並且打了預防針：

「雖然未來再見的可能性不完全等於零，但我沒什麼機會再回來這裡。」

不過，那些認識爺爺的人聽了之後，都笑我「作風果然很像那個人的孫女」……

也許沒錯吧。我果然是身上流著他血液的孫女。

比起現世，在隱世生存對我們來說更加如魚得水。
不過爺爺最後選擇了現世，因為這裡有他心愛的人。
而我也基於同樣理由，選擇了隱世。
「葵小姐，暫時又要與您道別了呢。」
身為女郎蜘蛛的鈴蘭小姐現在仍守在祖父的墳前。
「嗯嗯。我也要感謝鈴蘭小姐，一直陪在爺爺的身邊。我今後就要搬去隱世生活了，不過一年會回來掃墓個一次。」
「呵呵，打理史郎先生之墓的任務請交給我吧。」
如此打包票的鈴蘭小姐把爺爺的墳墓弄得滿是蜘蛛網，不知該說她真是盡本分嗎？
「謝謝妳的幫忙，畢竟在人類社會有各種大小事需要整頓嘛。啊！對了對了。我和爺爺以前住的那棟房子，依照大老闆的意思，決定改為出租用，提供給來現世留學的妖怪居住。」
「這主意真不錯！從隱世來現世求學的妖怪不少見呢。」
「聽說是這樣。天神屋今後打算提供來往於現世與隱世兩地的妖怪各種援助，比如說設計了留學生專屬方案，提供他們完善的生活支援等等。據說是因為預測今後這樣的需求會逐漸增加。」
「聽說妖都宮中最近確立了新方針，即將鬆綁隱世與現世之間的往來限制。」
「對呀。據說當初設下限制的原因，是防止現世將二戰期間的混亂帶入隱世，而現在已經沒有這個必要了。妖王大人做下了決斷，將今後方針改為積極導入現世的知識與文化，並且相信這個決定將為未來的隱世帶來幫助。」

「呵呵，那我也想回去見見曉哥哥呢，而且也想親自祝賀他訂婚。」

「嗯嗯！一定要喔！真沒想到曉跟阿涼竟然訂下婚約了，不過正式結婚似乎不會這麼快，阿涼要成為鈴蘭小姐的大嫂了呢～」

「呵呵呵！真是如願以償。」

沒錯。令人意外地，曉跟阿涼不知何時成為了那種關係，並且定下終生大事。不過他們似乎無意搶先我與大老闆成親，現在僅處於訂婚狀態。

雖然覺得他們根本不需要如此顧慮，但同時也不意外，對天神屋忠實的這兩人會做出這樣的決定。

等他們成親那時，我一定要盡全力獻上祝福。

因為我在乎的兩個人能結為連理這件事，令我打從心底感到欣慰。

「而且啊，等到限制放寬之後，天神屋的員工旅遊搞不好就能辦在現世了。旅館裡沒來過現世的妖怪也很多，所以現在正在規劃員工旅遊來現世玩，順便和現世的妖怪進行交流。」

聽聞這件事，鈴蘭小姐很開心似地合起手掌。

「哎呀！這實在太棒了！請各位務必蒞臨。」

「呵呵呵！這趟旅程肯定會開心的。啊！我想到時候那個叫反之介的一反木綿也會參與，不過他現在已是獨當一面的助理大掌櫃了。」

「既然接受了曉哥哥的磨練，感覺不用擔心了呢。」

我們彼此發出咯咯輕笑。

突然之間，我感覺到風中的氣息轉變了，預告著黃昏時刻的到來。

小不點從我們正上方的櫻花樹跳下，降落在我的肩膀。

「葵小姐，時間差不多惹～」

「……對呢，小不點準備好了嗎？」

「萬無一失～我已經啪啪啪地拍打過在這裡認識滴朋友們，做為告別惹～」

然後他舉起自己的蹼給我看，紅冬冬的。

我一邊發出輕笑，一邊站起身並背好行囊。

日暮時分已近，和這個世界告別的時刻也即將來臨……

「鈴蘭小姐，我差不多該去採買些東西，然後回隱世的天神屋了。」

「好的，那就請您一路保重了。」

鈴蘭小姐拿出三味線演奏，在弦音中目送我離去。

有她的陪伴，爺爺應該也不再寂寞了吧。

「我走囉，爺爺。我……要跟大老闆結婚了。我會過得幸福的。」

我一時停下腳步，低聲呢喃，隨後頭也不回地離去。

鈴蘭小姐用三味線奏出的悠悠樂音逐漸遠去，令我覺得些許感傷。

如果爺爺還在世，親耳聽見我跟大老闆的結婚消息，不知道會露出怎樣的表情？

他會支持我們嗎？還是試圖阻止？

還是兩者皆非，幹出我無法想像的破天荒行為？

感覺他如今會說出「我可不允許～」這種話，也不想想當初的始作俑者就是他。畢竟爺爺寵我寵到無可救藥。

不過到頭來，爺爺的行為雖然看似荒誕且無謂，卻總是間接導向重要的事物。

最後大多都會在誰也沒想到的地方，找到他行動中的用意。

託爺爺的福，我得到許多緣分與經驗。我學會某些重要的情感，也遇見至愛的人。

雖然不認為這一切全是爺爺布下的大局，但他在內心某處或許想像過，在命運流轉下終會導向這樣的結果。

——想像過我會在隱世找到自己的幸福。

「葵……辛苦妳了。」

「大老闆，你提早來了啊？」

大老闆已在寺院外等著我。
他穿的不是隱世風格的和服造型，而是一身筆挺的現世西裝，彷彿來到現世出差一樣。
「那當然，畢竟從新年過後就遲遲沒能見愛妻一面啊。我坐立難安地把工作全拋一邊飛來了。」
「好好工作啊你。」
天神屋在這三年的時間裡，憑著員工們的奮鬥逐漸找回了以往的繁盛。然而大老闆依舊是這副德行。
「對了對了。妳開發的天神屋新特產『金銀生銅鑼燒』引起大熱銷，供不應求。關於這件事，等妳回去之後銀次似乎要找妳商量。」
「是喔？我知道了。」
關於之前的生銅鑼燒，由於需要冷藏保存等條件，在商品化的過程中花了一些時間。然而這三年間我在現世隱世兩頭跑的同時，也一起加入了開發小組，在去年秋天完成萬全準備，正式展開販售。
金銀銅鑼燒簡單來說分為兩種口味，金色版本的內餡為卡世達醬搭配鮮奶油，銀色則是紅豆沙搭配鮮奶油。
聽聞這項新土產引爆買氣，真是沒枉費我的努力。
希望這能成為幫助天神屋重振雄風的一股推力。

「對了，葵。要先去採買一趟再出發嗎？」

「嗯嗯，畢竟回隱世的日子煮咖哩已經成為慣例了。今天就煮最經典的豬肉咖哩吧，加了蘋果泥和蜂蜜的那種，大老闆要負責幫我提一半的行李喲。」

我們去附近的超市大量採買許多需要的材料。

至今大老闆來現世迎接我好幾次，每次都有超市採購行程，儼然已成為理所當然的習慣。

在念大學時，偶爾也會在這間超市撞見學校裡的朋友。他們看見我身旁的大老闆先愣了一下，然後大聲嚷嚷著「好帥氣、好帥氣」，真是累死我了。

還會驚呼「葵的男朋友是大明星？」之類的。

不，他只是個大老闆，來自隱世一間名為天神屋的旅館。

「嗯？怎麼啦？葵。」

我凝視著大老闆的側臉，他原本正在挑選要買回去送給銀次先生的啤酒，發現到我的視線。

「沒有啦……我在想大老闆長得也滿帥的。」

「怎、怎麼了？葵，妳竟然會誇我。」

大老闆對我的稱讚受寵若驚，這反應讓我稍稍反省了一下。

「抱、抱歉，今後我會好好誇你的。」

「妳也是我秀外慧中、蕙質蘭心，充滿母性光輝的妻子。」

「嗯，我聽到了。謝謝你，大老闆。」

大老闆總是不吝於讚美我。我也別再嫌難為情了，以後想多告訴大老闆他的好。

「還有，妳也差不多可以直接喊我的本名了吧？」

「喔喔，這點也要改進，抱歉啊……好像總戒不掉喊你大老闆的習慣。」

雖然認為大老闆剛剛那番話只是想戲弄我，不過該從何時開始改掉這個稱呼，正是我最大的煩惱。

因為我們馬上就要……成為夫妻了。

完成大量採購之後，我們前往那間可以往來隱世與現世的神社。

一路拾級而上，就可以通往另一個世界。

現在與最初那一次穿越的心境不太一樣，差別在於我跟大老闆已把這條路當成「回家的路」，一邊笑談一邊前進。

還有，單手提著購物袋，空下來的另一隻手已能理所當然地握住彼此。

爬上最後一階石階，突如其來的黑暗將我們吞沒。

但有大老闆把我抱進懷裡，所以一點都不害怕。

我放任墜落感侵襲全身，期待著所處世界翻轉的瞬間……

「隱世……」

然後我再一次回到這個令我心心念念的世界。

遠方傳來熱鬧的祭典奏樂聲。

空中飛船拖著鬼火，發出轟隆巨響從我們正上方通過。

在遠處緩緩浮現而出的，是我最重要的歸宿——天神屋。

「葵，歡迎回來～」

「妳回來啦，辛苦了。」

「葵小姐，歡迎您歸來，並且恭喜您完成大學學業。」

是天神屋的雪女女二掌櫃、土蜘蛛大掌櫃，以及九尾狐小老闆。

「葵殿下，歡迎回家是也～」

「歡迎回來，請用溫泉洗去一身疲勞吧。」

「辛苦妳了，不過你們又買了這麼多東西回來啊，大老闆、葵。」

是鐮鼬庭園師、濡女溫泉師，以及白澤會計長。

獨眼女掌櫃、狸妖門房長、達摩料理長、一反木綿助理大掌櫃、千年土龍開發部長……

一回到天神屋，眾多妖怪員工便出來迎接我。

「我回來了……大家，我回家了！」

這裡是隱世。

是屬於妖怪的世界。

我的小食堂「夕顏」再度開張，今後會迎接怎樣的客人上門，又會為他們端上怎樣的料理呢？

這次我也憑著自己的意志，離開成長的故鄉。

我選擇這個世界，下定決心讓身旁的鬼男得到幸福。

我從正面舉頭仰望天神屋，緊握住大老闆的手。

「欸，剎。」

「咦？葵，難得妳願意喊我的名字呢。」

「我跟我的料理，會好好讓你獲得幸福的。」

「哈哈哈！一般來說，這台詞是由我對妳說才對吧？」

「你也一樣會讓我幸福嗎？」

「當然，我發誓。妳願意嫁給我嗎？葵。」

——請一定要過得幸福。

在隱世掀起大風大浪的祖父津場木史郎託付給我的遺願，肯定能在這個世界實現吧。

就在今晚，我將嫁入妖怪旅館。

後記

各位讀者好，我是友麻碧。

《妖怪旅館營業中》本篇總算來到最後一集。

所有一路支持到現在的讀者朋友們，真的真的非常感謝大家。

完成最終集的撰稿時，「一切到此結束了」的寂寞感自然不用多說。葵順利出嫁的結局呼應了第一集的副標，而我的心境也像是送這部作品出嫁。

我真心為本作的成長感到欣慰。

「妖怪旅館營業中」系列受到廣大愛戴，得到許多眷顧而日益壯大。經歷漫畫化、動畫化、海外版發行、改編為2・5次元舞台劇等，茁壯成一個大型作品，並廣受各讀者群喜愛。

正因為如此，「必須好好畫下完美句點」這個想法也在我心中變得更重要。

老實說，這部作品現在極受歡迎，選在此刻完結，對於作者來說也是需要相當的覺悟。

即便如此，我還是決定畫下了句點。

我原本在心中就預設了一個終點，既然現在已經抵達了，到此結束是唯一的選擇。

而這同時也是我對自己的作品所抱持的理想。

以《妖怪旅館營業中》來說，在動畫開始前我就已準備進行收尾。順利寫完最後一集令我替自己感到驕傲，也替葵跟大老闆可以抵達活得自由自在的最後歸宿感到欣慰。

前面雖然娓娓道來了「完結」的心路歷程，但來到隱世的葵才正要開始全新的挑戰，還有與大老闆的新婚生活……

雖然說過我送這部作品出嫁了，但也希望偶爾能請他們回老家一趟。簡單來說就是期望在後來的某個時間點能夠以外傳形式推出後日譚。

天神屋今後的日常大小事與去現世員工旅行的狀況，這些雖然沒放入本篇中，有機會的話也想加以著墨。或許不會是近期的事，不過我有打算把這些內容好好集結成書，敬請期待！

接下來，有幾項宣傳事項。

宣傳一，衣丘わこ老師繪製的漫畫版《妖怪旅館營業中　用料理收服鬼神的胃6》預計將與本作同時在八月出版。漫畫版劇情正好對應到原作小說第二集結尾，令人懷念之餘又充滿許多美味的料理，希望各位能搭配原作小說一起享受！

宣傳二，大消息大消息，擔綱《妖怪旅館營業中》插畫設計的Laruha老師所推出的畫冊《Laruha作品集　山茶花與雪花蓮》將與本書同日發行，裡面還收錄了《妖怪旅館營業中》的新繪插圖！我本人也有幸在書中撰稿關於本篇劇情後續發展的後日譚，希望各位能搭配美麗的圖片一同享用。

宣傳三，我將在富士見L文庫展開新連載系列。

第一集的標題是《梅蒂亞轉生物語1 這世上最邪惡的魔女（暫譯）》（預計十月十五日發售）。或許有些朋友會心想：「嗯，奇怪？怎麼好像曾聽過類似的書名？」梅蒂亞系列原本是我在網路上連載的作品，經過大幅度的改寫之後再次進行了實體出版。

劇情大綱是，身為男爵家千金的瑪琪雅是邪惡魔女的後裔，某天與一位魔力爆棚的奴隸少年托爾相遇，兩人建立起千金小姐與專屬騎士的關係，培養對彼此的信賴與忠誠共同成長。然而就在某日，一位來自異世界的傳說少女在兩人面前降臨，托爾意外背負守護這位少女的宿命，成為她的騎士。被迫與托爾分開的瑪琪雅為了再一次見到他，決定進入王都的魔法學校就讀……

是的，這次的新作是在富士見L文庫相當罕見的題材，充滿劍與魔法的異世界奇幻冒險。喜歡騎士與千金這種主僕關係的讀者請絕對別錯過。十月十五日上市……（再次強調）。

另外，《梅蒂亞（略）》的第一集預定搭配友麻碧新書三連發的特別活動，隨書附贈特典QR碼，掃碼即可閱讀《妖怪旅館營業中》短篇後日譚，有興趣的朋友也請多加關注（※此活動為期間限定，請留意時間）。

關於故事內容，我想應該會是葵與大老闆（難得）的甜蜜劇情（註2）。

最後是感謝名單。感謝責任編輯，在本系列《妖怪旅館營業中》是從第六集開始受您的照顧，當時正值動畫準備播出之際，在最辛苦的時期扛下重責大任，一路承蒙您的照顧直到完結。

《妖怪旅館營業中》可以成為如此大型的作品，並且順利推出最終集，我認為一切都是您的功勞。在此獻上衷心感謝。

再來是插畫家 Laruha 老師。我可以拍胸脯說——《妖怪旅館營業中》這部作品若少了老師的封面插圖，應該不會如此成功吧。您繪製出受到喜愛的眾角色與洋溢透明感的封面圖，成為我一路努力至今的助力。畫冊內的新繪插圖也十分動人，還滿足了我指定的要求，真的非常感謝您。這是我永遠珍藏的寶物。最後要跟您說聲辛苦了。

最後要感謝的是喜愛《妖怪旅館營業中》這部作品的所有讀者朋友。

或許有些人會覺得捨不得迎接完結的到來。

本系列是一部幸福的作品，能從中感受到眾多讀者的愛。

透過這部作品，我從各位身上獲得許多救贖、指教，以及珍貴的收穫。我今後將繼續把這些寶物收藏在心底，期許將這些維繫到未來的新系列。

一路守護《妖怪旅館營業中》至最後一刻的讀者朋友，在卷末再次獻上誠摯的感謝。

衷心期待，有朝一日能與天神屋的大家以及各位讀者朋友再次相見。

友麻碧

註2：以上為日本的出版狀況。

國家圖書館出版品預行編目資料

妖怪旅館營業中．十，讓我們攜手回天神屋 / 友麻碧作；蔡孟婷譯．-- 初版．-- 臺北市：臺灣角川，2020.04

面；　公分．-- (Kadokawa fantastic novels)(角川輕．文學)

譯自：かくりよの宿飯．十，あやかしお宿に帰りましょう。

ISBN 978-957-743-709-9(平裝)

861.57　　109002629

輕文學 Light Literature

妖怪旅館營業中　十　讓我們攜手回天神屋

原著名＊かくりよの宿飯 十 あやかしお宿に帰りましょう。

作　　者＊友麻碧
插　　畫＊Laruha
譯　　者＊蔡孟婷

2020年4月29日　初版第1刷發行
2021年5月17日　初版第2刷發行

發 行 人＊岩崎剛人
總 編 輯＊呂慧君
編　　輯＊林毓珊
美術設計＊李曼庭
印　　務＊李明修（主任）、張加恩（主任）、張凱棋

台灣角川

發 行 所＊台灣角川股份有限公司
地　　址＊105台北市光復北路11巷44號5樓
電　　話＊（02）2747-2433
傳　　真＊（02）2747-2558
網　　址＊http://www.kadokawa.com.tw
劃撥帳戶＊台灣角川股份有限公司
劃撥帳號＊19487412
法律顧問＊有澤法律事務所
製　　版＊尚騰印刷事業有限公司
I S B N＊978-957-743-709-9